Humberto Mata

La mujer emplumada

artepoética
press

Nueva York, 2016

Title: La mujer emplumada

ISBN-10:1940075386
ISBN-13:978-1-940075-38-9

Design: © Ana Paola González
Cover & Image: © Jhon Aguasaco
Author's photo by: © Yamila Blanco
Editor in chief: Carlos Aguasaco
E-mail: carlos@artepoetica.com
Mail: 38-38 215 Place, Bayside, NY 11361, USA.

A María Ramírez Delgado

ÍNDICE

Un chasquido en el tiempo

En los médanos de Coro, en ciertas regiones del Mato Grosso, en el desierto de Atacama, en Tiahuanaco y en otros lugares del orbe las noches son tan perfectas como acá, en el Delta del Orinoco. Eso pensó, mientras contemplaba el espectáculo magistral del cielo indiviso. Había dejado a un lado su tableta electrónica, fatigado de una versión malandra de la *Historia Calamitatum*, de esas que sólo se permite la ecuánime internet. Aquellas no eran, sin embargo, sus áreas específicas de trabajo; y aunque a ellas se acercaba sólo por curiosidad, pasatiempo o diversión, como quien va al cine, al boxeo o a una corrida de toros -esperanzado de que triunfe el villano, el rudo y el toro-, nunca se había extralimitado allí y menos al punto de crear fantasmas, como han sostenido muchos

Diez años han pasado desde que dio a conocer un opúsculo sobre la vida y obra de Anselmus; compuesta esta última de siete fragmentos apenas en los que éste adelanta, sin embargo, las posiciones más radicales de Bruno y predice las de otros heliocentristas confesos. (Un viejo amigo le dijo haber descubierto allí los rudimentos de las leyes de Kepler.)

Ese Anselmus, que no es el de Canterbury, muy posterior y santo, ha significado la gloria y la desdicha del profesor, porque la circulación de su opúsculo bastó para que sus dos enconados enemigos, los profesores Alexander Flegel y Toribius

Rosselin, sin realizar investigaciones previas ni dignarse a hojear siquiera el trabajo sobre Anselmus, llamaran a un Consejo para estudiar el caso y más que nada para denunciar al profesor y lograr el rechazo unánime de su escrito. No fue así. No lo lograron. Por más que reiteradamente inspeccionaron -ahora sí, no tenían alternativa- y dieron vueltas al trabajo del profesor, no pudieron encontrar nada que achacarle en el curso de las sesiones. Y por esto retardaron hasta el término del Consejo la anatematización que tan ardientemente deseaban -y que al final no se produjo. El profesor por su parte cada día, desde que comenzó el Consejo hasta que terminó, predicó a todos el pensamiento de Anselmus que había expresado en el trabajo sobre éste. Todos los que lo escuchaban, alababan con gran admiración tanto la exégesis lingüística como la exposición del contenido. Visto y leído este trabajo por muchos, fue en general bien recibido por todos. Pues estimaban que en él se ventilaban a un mismo tiempo todas las cuestiones sobre el tema. Y como los problemas allí tratados se tenían por los más importantes dada la seriedad que encerraban, ponderaban la gran sutileza que creían habría necesitado Anselmus para resolverlos y el profesor para mostrarlos. Estos detalles, y sobre todo aquel que tuvo el profesor de comparar su descubrimiento con el que hacen los físicos de un agujero negro en el firmamento, incendió de envidia, si falta les hacía, a los denunciantes, émulos de tantos granujas que amparados en títulos y honores, bajo el manto de las sutilezas académicas y de la erudición, sólo proveen a las ciencias de deshonras.

El mal no cesa y es muy difícil de erradicar. Flegel y Rosselin, inconformes con aquel resultado adverso, solicitaron a instancias superiores la reapertura del caso, bajo el pretexto de que la elocuencia del expositor, su bien conocida capacidad dialéctica, había transformado el estudio del "supuesto trabajo sobre un supuesto Anselmus" -decían maledipciosos- en un debate público donde se tenía más en cuenta la capacidad oratoria que el contenido en sí; y aunque si bien es cierto que "a la intención la llamamos buena, esto es, recta, por sí misma; pero a la acción la llamamos buena no porque contenga en sí algún bien sino porque procede de la intención buena", en este caso, aducían Flegel y Rosselin, ¡haciendo uso de un razonamiento ajeno!, la acción fue mala pues no procedió de una buena intención, dado que el "acusado" actuó llevado no por una buena sino por una intención mala en todo cuanto argumentó durante el Consejo. Era obvio que el razonamiento de estos dos detractores era aplicable más a sí mismos que al descubridor de Anselmus, pero la comunidad científica a veces es proclive a dar por ciertas muchas paradojas y a dejarse llevar más que por la verdad o por la sencillez, por el consenso. Y así, pudiéramos decir que:

Verdaderamente, hubieses creído al verlos que estaban imitando a aquellos antiguos filósofos que recuerda Jerónimo en su segundo libro contra Joviniano: Por los sentidos, como por ciertas ventanas, entran los vicios al alma. Si el ejército enemigo no atraviesa las puertas, la ciudad y fortaleza del alma no pueden ser copadas. Todos los que se gozan con los juegos del circo, con los prestidigitadores, con las formas de las mujeres, con el esplendor de las piedras preciosas, de los trajes y otras cosas por el estilo, han perdido la libertad del alma por las ventanas de los ojos, y para ellos rige la palabra del profeta: Nos adviene la muerte por nuestras ventanas.

Nuevamente fueron derrotados, sin embargo; mas ahora el profesor, cansado de tanta infamia, indispuesto a seguir defendiendo lo que por otra parte nadie era capaz de derrotar en buena lid, seguro de la gloria de Anselmus y no menos creído de su contribución a la comunidad científica y a lo que consideraba más importante: la verdad, optó por retirarse a su región de origen. Llevaba también un propósito oculto en esa retirada: acometer la traducción "definitiva" -se decía- de la *Ethica* o scito te ipsum. Sabía de aquella versión memorable de un profesor conocido por sus fatigosos tics, sus trajes cortados a la antigua e invariablemente color azul oscuro y su pertenencia a la secta de los anarquistas.

Uno, acaso dos fragmentos de esa versión no le satisfacían; y sin embargo, no había hallado hasta ahora una manera adecuada de remplazarlos: todos estaban perfectamente bien traducidos y con el uso estilístico más próximo al autor y a las costumbres literarias de la época. Por ello había recurrido a la internet y a las traducciones erráticas de la obra del escritor y lógico medieval: tal vez en ellas consiguiera el aliento para cometer una infracción, un pequeño/gran cambio que transformara una oración con espíritu positivo en otra con espíritu negativo y diera así coherencia lógica a esos fragmentos de la *Ethica*: única manera de salvarlos y salvar para siempre la grandeza del autor -si necesidad tenía éste, tan grande como es, tan alabado, tan copiosamente recorrida su obra, de una acción como ésa.

En esta meditación estaba cuando lo asombró un relámpago, seguido de una oscuridad total, en una zona mínima (¡ah la distancia!) del firmamento. Había sido testigo de algo memorable, único, destinado a pocos... (y dio gracias a los dioses del Delta por concederle tal privilegio)... A millones de años luz, una estrella o miles, o acaso toda una galaxia había hecho explosión y transformado en un abismal agujero negro: esa hendidura o cavidad cósmica, ese campo de energía que todo dobla hacia sí y todo subsume, aún la indoblegable luz, esa cárcel perfecta o chasquido en el tiempo.

Las explosiones más atroces suelen ser las más silenciosas -se dijo. Llevó una mano a la frente y cerró los ojos. ¿Eso de lo que acababa de ser testigo, había ocurrido hace millones de años realmente, aún antes de que todo esto existiera, acaso, o había sucedido hace menos tiempo? ¿La modificación de un texto escrito hace apenas diecinueve siglos, será hecha ahora o habrá sido hecha en un ahora que es ya aquel remoto entonces, mediante otro chasquido dentro del tiempo; y él será el transitorio traductor de hoy, o acaso no, sino otro, el también transitorio monje aquel, el magnífico lógico de aquella vez?

Caracas, Julio de 2013

El otro Delta

No pudo llegar a donde más quería, a las esfinges con cabezas de carnero ni al templo de Amón en el Karnak; tampoco, a las enormes columnas de aquel templo del Antiguo Egipto, cerca del Nilo, que se multiplicaban y ascendían sin descanso. Otros paisajes le serían regalados durante su viaje. Otra verdad conocería. Otro destino.

Siempre quiso ir a Egipto: y hasta tuvo una amiga de juventud que de niña había conocido ese país y que le juró que lo visitarían. Nunca cumplió su promesa y en realidad ninguno de los dos esperaba que lo hiciera. Egipto era para ellos como decir el Museo; y mentalmente iban a él, cada cierto tiempo: para pasear por el Karnak, que ella le contaba; para ver la esfinge y observar las pirámides, que ella les dibujaba. Y en esos momentos un deseo inmenso que no podían expresar les acorralaba y les hacía mirar el horizonte. Entonces, sabían que estaban pensando en Egipto, los dos en Egipto. Él por su parte, le hablaba del Delta, de los caños que se bifurcan y cuyas bifurcaciones se bifurcan; de los atardeceres frente al caño Manamo; de la plaza Bolívar y de los zancudos a las seis de la tarde. Le hablaba también de su debilidad ante las aguas del río y del impulso que le venía de caer en él cuando estaba crecido y formaba con la calle una superficie indistinguible. Ella se ponía pensativa, entonces. Pero eso fue hace años.

Ahora no estaba ella; ahora, ella se había casado y tenía una hija (cuando se vieron, luego de un largo tiempo, ella mostraba una barriga insipiente: fue en Venecia, le dijo, confidente y feliz); ahora, cuando a veces le volvía el deseo por aquel país y por aquellos años, lo anulaba con un pisotón.

Pero fue a Egipto, finalmente; sin otra compañía que su recuerdo del país-museo que le había mostrado su amiga de juventud. Hizo el itinerario: primero el Museo, luego las pirámides y la esfinge, después el Nilo y en última instancia el Karnak.

Recorrer El Cairo es una tarea digna de suicidas. La ciudad no tiene semáforos (al menos, él no observó ninguno), los carros se rozan constantemente al formar más columnas que las que permite la vía, el peatón tiene que valerse de la bondad de los conductores para cruzar una calle; pero las aceras a veces son amplias y están limitadas por edificios y casas (lo que nosotros llamaríamos quintas), estas últimas vestigios de la época colonial. Vio de lejos el edificio de la Liga Árabe, donde el célebre Arafat, ahora muerto, se había reunido tantas veces. No vio muchos soldados, lo que le extrañó profundamente, ya que es típico de los países de aquella zona la presencia de soldados en cada esquina. Vio, frente a él, al final de una calle, una mezquita; y comenzó a escuchar sobrecogido la salat del hafiz. Aquello era una eclosión de música y poesía, la evocación del reino de lo celeste... y no le extrañó que esos países tuvieran tan grandes poetas: en los cantos de la Sura que escuchaba día a día el niño, estaba el germen sonoro de la poesía que haría más tarde. Supo que había competencias entre recitadores para obtener el honor de recitar un día algún Sura del Corán y que Mahoma fue el primer hafiz. ¿Experimentó la aprehensión de un objeto eterno? ¿O eran tal vez ocasiones actuales?

El tiempo es implacable y los pueblos que adoraron (para siempre) a muchos dioses, adoran hoy a un dios único y omnipotente. ¿Qué lenguas y dios o dioses nos socorrerán dentro de algunos siglos?

Llegó a la primera parada, según su itinerario: el Museo Egipcio. Le agradó la entrada, colosal y que infundía ese respeto típico de lo egipcio; pero esa impresión fue decayendo a medida que recorría el Museo. Las piezas, milenarias, valiosísimas, estaban colocadas como trastos sin orden ni concierto y sin identificación digna de leer. Pareciera que quienes tenían a su cargo el Museo despreciaban aquello que custodiaban y a lo que tanta gente iba a ver todos los días. Recordó que hay una plaza en París con un monolito egipcio llevado por Napoleón. Se dijo que una herencia acaso colonial de menosprecio a lo propio, no compartida por quienes la irradiaron, así de altanera puede ser la gente, había sido inoculada en aquel pueblo gentil. Salió decepcionado, sin ver todas las salas, y se dirigió al hotel.

Desde el balcón de su habitación veía el Nilo, tan mencionado y majestuoso, surcado por embarcaciones de todos los tamaños. (Recordó el gran río de su país.) Era su tercera parada.

Todos los taxistas de El Cairo hablan inglés, pero ninguno lo hace. Tienen su treta. Llaman por celular a alguien que sí lo habla, ponen al pasajero a hablar con ese desconocido quien le traducirá al taxista el mensaje. Todos, absolutamente todos, hablan inglés. Solicitó ser llevado a las pirámides y el conductor, luego del malabarismo telefónico, salió lanzado hacia las calles de la ciudad y hacia una autopista siempre cercana de casas y edificios que finalmente lo condujo a las pirámides. Desde la autopista ya podía ver a las pirámides; la ciudad lentamente las va acorralando, como está haciendo Ciudad México con Teotihuacán. Las pirámides y la esfinge están demasiado cercanas. En la memoria, eran objetos más alejados, alejados de la ciudad, alejados de todo; eran objetos solos, conceptos, y había que llegar a ellos luego de un largo periplo que debía incluir trasbordos e incomodidades. Pero ya ven que no fue así, para decepción de nuestro visitante. Apenas bajó del vehículo, una ola de gente le estorbó el paso mientras le ofrecía visitas guiadas, camellos, lo que sea. Logró escapar y, solo, se acercó a la esfinge. Era realmente enorme, como le habían dicho. Su cara lo atrapó. Unos pasos más allá, por un camino que incluye carretera y gente a pie o montada en camellos, están las pirámides. Fueron menos, mucho menos de lo que imaginó y no le quedó más remedio que escudarse. La construcción de las pirámides fue un acontecimiento, no cabía duda; pero que todo en ella y en todo sea un acontecimiento; que la pirámide vista tres minutos sea un acontecimiento y vista tres minutos más sea otro acontecimiento; que sea siempre un acontecimiento que se actualiza en el alma, como inflexión o como onda, eso le pareció demasiado pedir, aun cuando sonara hermoso. La filosofía es una actividad de creación de conceptos --dijo una vez alguien. Concepto pirámide, concepto esfinge, concepto Museo Egipcio y ahora, concepto Nilo.

Muy temprano, al día siguiente, tomó una lancha para pasear por el Nilo. Estaba cubierta y era para varios pasajeros, pero esta vez iba con él y el motorista solamente. Logró hacerle entender que deseaba una vuelta larga por el río, que incluyera las dos orillas y el centro de la corriente. Allí comenzaron las comparaciones. No era muy distinto del Orinoco, y ni siquiera del Manamo; quizá hasta tenía el mismo ancho del primero en ciertas partes y los mismos recovecos del segundo, en otras. Había muchos pájaros, nubes de pájaros y algunas embarcaciones pequeñas con parejas y niños. La mujer tapaba su rostro ante nuestra mirada extranjera. El hombre fruncía el ceño ante nuestra presencia. El niño jugaba, indiferente. Entonces, la recordó: y le pareció poco gentil, casi una traición, hacerlo ahora, después de tantos días en Egipto. Estaban casi en el medio del río. Se paró muy cerca del borde de la lancha, para observar todo el paisaje. El motorista dijo algo el árabe, que él no comprendió aunque supuso su contenido. El río, como en el Delta, lo llamaba; y no sabía si iba a tener la suficiente entereza esta vez como para rechazarlo. Nuevamente escuchó al motorista, y sea lo que sea que le haya dicho, era sin dudas un grito de advertencia. Se dejó caer en el río, y comenzó a nadar. Nunca le diría lo que había pensado del Museo ni de las pirámides. Eso se lo guardaría para sí mismo. Seguía nadando y las ropas comenzaban a pesarle cada vez más. Pensó en el Karnak, vio las figuras con caras de carnero, como ella le había contado, las figuras que protegían la entrada; vio el templo de Amón que su amiga había visto; casi tocó las columnas mientras seguía nadando, cada vez con mayor dificultad y dándose cuenta de que la orilla próxima estaba demasiado alejada, aun para él, que era un hábil nadador de los caños del Orinoco. Distinguió una isla, a lo lejos, que le pareció conocida. Acaso estaba en el Manamo, en su Delta, y la isla era la que todos los días, cuando era niño, miraba desde su casa. Acaso estaba en casa. La fatiga comenzaba a devorarlo. Las ropas y los zapatos les pesaban como una escafandra. Acaso pronto estaría protegido con estas aguas tan agradables que olían a limo, a barro, a inmensidad. Oía voces, cada vez más lejanas, y ya no supo decir si eran las del motorista o las de algún dios que le advertía. Dejó de nadar.

Caracas, Diciembre de 2010

La señal

Se contaba entre los mejores nadadores, si no el mejor de la
región; lo que ya significaba excelencia, dada la calidad de
los contendientes; porque así como estos eran hábiles para
muchas cosas de las que luego hablaremos, lo eran también –y
en grado extremo–para la natación.

Diríamos que sus primeros pasos no fueron tales sino bra-
zada, flotación, ritmo respiratorio acompasado con los movimientos del cuerpo. Si recuerdan la competencia de años anteriores, tienen que estar en sus mentes (y flotar en sus pupilas)
la facilidad con que rebasó a los mejores y la enorme distancia
que lo separó de los magníficos segundones. Y si la memoria
no les falla, deben atesorar en ella aquellas persecuciones en
que sobrepasaba a las canoas o impedía que estas le dieran
alcance. Esto le hizo desarrollar una fuerza en los brazos casi
sobrehumana.

El mar Caribe, mar del trópico, se da el lujo de cambiar
inesperadamente; aquella vez ocurrió así, y de una tranquilidad casi melosa pasó a un oleaje chocante y peligroso. Pero
no de otra manera se presentaban las siete leguas entre tierra
firme y la isla de Cubagua, aun cuando la ruta fuera la más
benigna por estar favorecida por los vientos. Entre una isla y
la otra, por ejemplo, entre Cubagua y La Margarita, la distancia es mucho menor que la que existe entre la primera y tie-

rra firme, pero las mareas son aún más volubles y los vientos menos favorables; aparte de que el agua estaría siempre más abundante y segura en el continente. Ellos iban abajo, en la parte oscura de la embarcación. Algunos estaban señalados en la frente con un distintivo tan denigrante como el que llevaban en el vestido las mujeres acusadas de infidelidad en ciertas zonas de los Estados Unidos. Él juró que no sería señalado por la herradura y que letra alguna obstaculizaría su rostro. Venían de las cercanías del convento de Santa Fe, justo de donde desemboca el río Cumaná, en el cual se abastecía de agua dulce la ranchería (y luego los palacios) de los buscadores de perlas de Cubagua.

La segunda cuestión a recordar, es el sentido de la orientación. Miles de ejercicios en alta mar, desde niño, lo hicieron seguro de la estrella que había que buscar en la noche y de la posición de la luna, para navegar con rumbo cierto. Aquella vez se torna inolvidable: él, un niño aun, desafió a los mayores y les adelantó en exactitud. En términos nuestros, ni un grado de diferencia hubo con relación al lugar donde debía llegar. Eso mereció y obtuvo aplausos de su gente.

Se acercan a la isla, a pesar del oleaje vigoroso. Él sabe que en esta época de la luna no es prudente hacer lo que hicieron aquellos extraños. Pero era grande y resistente el navío y no era del todo inexperto quien lo piloteaba. La nave dio unos giros prodigiosos para evadir olas escandalosas. Abajo, donde él estaba, se oía el crujir de la madera y se sentían con nitidez los movimientos del navío. Muchos se marearon. Él no, por supuesto. El desembarco fue lamentable, árido, bullicioso. (Los látigos vibran en el aire y laceran las pieles.) Son conducidos a unas chozas malolientes, llenas de vómitos, defecaciones, orina y barro. Allí debe estar en cuclillas, en un rincón de la choza. Todo lo que logra ver tiene mal aspecto. Cierra los ojos, trata de no escuchar y en tal situación pareciera un animal ciego y sordo a la espera de algo para dejarse caer sobre la presa. Su plan podría ser doloroso.

La tercera tiene que ver con la habilidad para la pesca.

Si en las anteriores era insuperable, en esta no tiene calificativo que le cuadre. Podía tomar con sus manos los peses
bajo las aguas y aun sabía cómo proceder para alimentarse
sin salir de ellas. Hoy a alguien así lo llamarían con nombre
inglés de mala película y le pondrían un cuchillo aserrado
como arma más útil que cualquiera de fuego. Y en cuanto a lo
que va a suceder dentro de uno o dos párrafos, ya veremos,
los especialistas analizarían los límites de la racionalidad, o
cuándo ésta se animaliza, es decir, deja de ser, sin por ello
devenir animalidad. Si el ejemplo es antiguo, mejor; y si es
Basílides quien habla –y lo hace con elevación–nada más
que decir: "Cuando la filialidad llegue a lo alto y se encuentre
por encima del límite del espíritu, toda la creación obtendrá
compasión." Me pregunto y me han preguntado: ¿qué compasión obtuvieron los lucayos, por referirnos solo a unos de
tantos? Todo tiene una razón, comentan por allí. El invasor,
la de lucrarse y hacer sobrevivir a Europa, entre otras. Para
ello, destruyó, enterró, satanizó, a una cultura; e hizo de los
hombres esclavos que eran señalados con el hierro, cuando no
empalados en los barcos o en estacas que eran colocadas por
los caminos. También los que iban a ser esclavizados empa-
laron a los invasores cuando tuvieron ocasión de hacerlo;
también los descuartizaron como hacían con ellos; también
los flecharon con flechas venenosas, a cambio de disparos de
arcabuces. Porque no hay maldición que supere a la de ser
esclavo en tierra propia, cuando pudieron se defendieron y
cuando pudieron atacaron. Dicen (pero no juro) que la sífilis
pudiera ser americana. ¡Maravilloso ataque de *ratio existendi*,
si fuera verdad! Dicen que el sida salió (o se fugó) de labora-
torios americanos.

Los obligaban a hundirse a cada momento, a bucear sin
descanso hasta traer las perlas. A los que demoraban en la
superficie para tomar aire, el fuete del dueño lo obligaba a
bajar. Así morían por centenares, reventados, echando sangre
por los ojos, pero Cubagua producía lo suficiente como para
renovarlos. Él era especial, como buzo y en todo. Los invaso-

res lo sabían y los dueños se peleaban sus servicios. Su valor agregado bien valían las disputas. Por ello no lo marcaron de inmediato. Entretanto, su precio subía. Entretanto, él permanecía en la choza y rara vez salía. Se consideraba, de alguna manera, superior, escogido. Y la indecisión le ayudaba no solo a conservarse intacto sino también a esperar la luna exacta en la que su plan tendría mayores probabilidades de éxito... Esa luna llegó: y justo con ella, entonces, como dicen los católicos, hubo humo blanco. Su dueño será Pedro Ruiz de Matienzo, el alcalde perenne.

Lo sacaron de la choza agarrado por varios empleados del alcalde. El hombre sabía que iban a marcarlo. Lo llevaron a la fogata en donde ardía el hierro con una letra. Cuando se lo acercaron a la frente, lanzó a los captores, tomó el hierro, que le quemó la mano, y se lo metió en un ojo a quien iba a herrarlo. Entonces vino la confusión, los gritos de dolor del ya marcado y tuerto, el desespero, y el lucayo (¿quién más si no un lucayo?) corrió con todo el vigor que pudo hasta la playa. Los tiros de los arcabuces, dentro de la algarabía, fueron erráticos y no lo alcanzaron. Se hundió en el mar y nadó, atlético ahora, hacia tierra firme. Aun bajo el agua sintió pasar cerca de él algunos disparos. La mano le ardía. Estaba consciente de que le perseguirían en botes, pero él era más rápido: por algo se formó entre su gente y fue el distinguido en todos los certámenes. Sabe sin embargo que su apuesta es temerosa, que vienen riesgos y más riesgos que deberá superar; y que aun si logra la costa, distante siete leguas, será perseguido, por siempre perseguido.

Caracas, Febrero de 2011

Los Lucayos

Éramos los últimos integrantes de la población. El resto se había marchado, como ahora nosotros lo haremos. Nunca habíamos sabido del destino de ellos, pero estábamos seguros de que se habían reunido con los antepasados. Le dije a mi pueblo que todo estaba bien y que podíamos ir a visitar a nuestros ancestros. Mis padres se habían ido hacía mucho tiempo y de mis abuelos me quedaban recuerdos frágiles. Sería bueno verlos, otra vez. Sería agradable estar con ellos, venerarlos y recordarles las horas que pasamos juntos, lo que me enseñaron, lo poco o mucho que sé, gracias a ellos: cómo pescar, cuál es la mejor manera de cazar, cómo manejar la canoa para que nos lleve a las islas más remotas. Y así como yo, asimismo mi pueblo hablaría con sus antepasados. Seríamos felices porque uno de los preceptos es honrarlos y nunca actuar de manera que se avergüencen de nosotros; y esta oportunidad única nos brindaba la posibilidad de decirles aquí estamos, nunca hemos hecho lo que nos prohibieron, el pueblo sigue unido y el dirigente sigue guiándolo por los caminos de la tranquilidad y de la paz. Por ello, evitamos a los caribes y a los waraníes: guerreros enfurecidos que nos esclavizan. Hoy entraremos a la gran canoa que trajeron los dioses: porque, ¿qué pueden ser si no dioses quienes visten trajes relampagueantes, llevan en una mano algo aplastado y filoso donde se mete y sale el sol, y viajan en canoas como esa? Y estos dioses, grandes, barbudos y malolientes, han prometido en nuestra lengua llevarnos, como han hecho con los anteriores, hasta la isla de los ancestros. Mi pueblo solo espera mi voz para embarcar: niños, mujeres, hombres, jóvenes y ancianos, todos, estamos ansiosos e iremos a rendir tributo.

La canoa de esos dioses era profunda, crecía hacia arriba y hacia abajo; pero más parecía hacerlo hacia abajo, porque a medida que descendíamos por la angosta escalera aparecían más escalones que se iban oscureciendo a nuestro paso hasta que apretujados tocamos fondo. Un fondo oscuro, dudoso, móvil y sonoro. Al final, ya sin lumbre ni soplo de viento, con calor y sin comida ni agua, con gran apretamiento unos sobre otros o muy juntos a otros, estábamos en una soledad profunda, interrumpida solo por el golpeteo de las olas contra los lados de la gran canoa. Supusimos que era una prueba de los dioses. Supusimos que querían estar seguros de nuestro temple para luego aceptarnos. El ruido de las olas al golpear contra la madera aceleraba nuestros nervios. Las mujeres y los niños nos preguntaban qué pasaba, por qué estábamos allí, cuál sería el querer de estos dioses para complacerlos. Llamé una y otra vez por las puertas o bocas clausuradas pero mis demandas no fueron respondidas. Grité en mi lengua palabras sagradas, promesas de conductor, pero el silencio y el golpeteo de las olas fue toda la respuesta que obtuve. Estábamos francamente asustados, porque además el aire comenzaba a enrarecerse. Aun deseaba creer en los dioses malolientes; aun suponía que el silencio era otra prueba, como la oscuridad, y que estábamos sometidos a una purificación antes de verlos otra vez y poder llegar a nuestro destino. Al segundo o tercer día, decepcionado, me dije que había llevado al desastre a mi pueblo. Demasiado tarde caí en cuenta de que el nuestro no era un paseo y de que nos habían engañado; que aquellos dioses no eran tales y que nuestro final sería incierto.

Llamé a los mayores y ya acostumbrados los ojos a la oscuridad, nos reunimos en un rincón. Ellos también se sentían

engañados y temían lo peor; temían la muerte o la esclavitud. Los malolientes no eran distintos de los caribes o de los
waraníes, sólo que estos olían a río, mar y montaña y aquellos a sudor de muchos días; y mientras los caribes y waraníes
seleccionaban a un grupo de entre nosotros para esclavizarlo,
aquellos seleccionaron a lo que quedaba del pueblo. Debemos
cuidar a las mujeres y a los niños, dijeron los ancianos, y nos
esparcimos por lo oscuro hacia lugares distantes unos de los
otros.

Luego de varios días sin agua ni comida —y casi sin aire—
bajaron los malolientes, para revisarnos tal vez: y se compor-
taron como si fuéramos una provisión. Dijeron algo que no
entendimos, salieron y lamentamos que lo hubieran hecho,
porque al cerrar las bocas condenaron otra vez la entrada de
soplo de viento y lumbre. Nuevamente bajaron, días u horas
más tarde. Estábamos muy débiles. Seleccionaron a los peo-
res de entre nosotros. Creímos que era para darles agua o
comida, pero el golpe de los cuerpos al chocar contra el mar
delató cuáles eran las verdaderas intenciones. Esa noche, u
otra, no recuerdo, soñé con mis padres y abuelos. Me aconsejaron poner en práctica un plan que me salvaría de la muerte,
pero era tan vergonzoso que solo a los ancianos relaté. Éstos
se asombraron, al comienzo; dijeron que algo así era imposible y contradecía el querer de los dioses; pero luego, cuando
lo pensaron con más calma, estuvieron de acuerdo. Si todos
estamos condenados a morir, dijeron, que al menos uno se
salve para que sirva de testigo y para que alguien más sepa lo
que han hecho con los lucayos. Ellos se encargarían de hablar
con los demás hombres y de convencerlos de que esa era la
única salida o al menos una oportunidad para no morir del
todo. Estuvieron de acuerdo, los otros: y noche a noche o día
a día, porque ya no sabíamos en qué momento estábamos, se
acercaban a mí con un líquido pegajoso que yo tomaba de las
cuencas de sus manos no sin repugnancia, pero consciente de
que cumplía con un deber al dar acogida al consejo que recibí
en el sueño. Alguna vez, una mujer que amamantaba a su

cría me dio a beber la leche de sus senos. Se lo agradecí, con una mirada afectuosa. Supe que decidieron no dar de comer más a sus niños: preferían que murieran libres a que vivieran esclavos. Así pasaron uno y más días. Metódicos, los maolientes bajaban cada cierto tiempo a recoger a los más débiles o a los ya muertos para lanzarlos al mar. Oí, con dolor profundo, cómo caían los cadáveres de mi mujer y de mis hijos. Escuché la caída del último anciano. Cerré los ojos de indignación por los niños que lanzaban al mar. Me dije que el procedimiento por el que salvaba mi vida a costa de la de los otros, era el más atroz y vergonzoso que se haya puesto en práctica.

Finalmente llegamos a una isla. De todo un pueblo, apenas quince hombres bajamos de la gran canoa: y yo sabía que catorce estaban tan débiles que iban a morir pronto. Nos llevaron a una mina en donde a diario perecían hombres de hambre y angustia. Muchos se preguntaban quién podría contar las hambres y aflicciones, malos y crueles tratamientos, que no sólo en las minas, pero en las estancias y dondequiera que trabajaban, padecían ellos, los desventurados. Los que enfermaban no eran creídos y decían que lo hacían por haraganes y bellacos, para no trabajar; y cuando la calentura y la enfermedad hablaba por ellos, clamando estar enfermos de verdad, dábanles un poco de pan de cazabi y unos pocos de ajes, raíces como turmas de tierra. Yo logré hablar con otros prisioneros y supe por algunos que estábamos en una isla llamada La Española y que en otra, llamada Cuba, había uno llamado Fraile que defendía a los nacidos acá de los maltratos de los españoles. Me dieron las señales indispensables para llegar. Me dije que esa isla era mi destino. Una noche, con la ayuda de otros, pude romper las ataduras que me atormentaban; tomé algunas provisiones de comida y agua que entre todos habíamos ahorrado, corrí al mar y nadé hasta la gran canoa. Había visto que a sus lados llevaban canoas como las que yo conocí desde niño. Tomé una de ellas y con exaltación, con angustia, con placer, navegué mar adentro y fijé, guiado por la luna, la ruta que me llevaría a la isla de nuestra salvación.

No quiero contar mis sufrimientos en el mar, porque aunque fueron muchos no se podrían comparar con los pasados en la gran canoa. Además, navegaba hacia la esperanza, hacia la única salvación de mi pueblo lucayo, hacia el llamado Fraile que diría a los otros cómo habían acabado con nosotros.

Hay un momento en que el mar es el mismo para donde mires. Muchas veces pasé por ese momento y otras tantas pedí ayuda a mis antepasados. No fueron negligentes.

En Cuba también hubo lucayos, porque algunas barcadas de ellos hicieron los españoles que vivían en esa isla, donde todos al fin perecieron en las minas de trabajos y hambres y angustias. Me contaron que de las islas nuestras los españoles habían traído y puesto en cautiverio para echar en las minas cuarenta mil ánimas; y de ellas y de las demás, un ciento y doscientas mil. Todo ese dolor debía ser conocido. Me arrastro por la isla para no ser descubierto por las autoridades españolas. Mis compañeros son otros tantos que se arrastran conmigo y me cuentan historias, cada una más tenebrosa que la otra. Ellos han oído también hablar del conocido como Fraile; y como yo, lo buscan. Cuando lo consigamos le contaré el dolor de mi pueblo. Quiero que cuando él cuente mi cuento, sea exacto y no deje nada por fuera; que cuando le diga que por el apretamiento y el hambre muchos murieron y los echaban a la mar; y que eran tantos que una canoa grande, sin nada para navegar, pudiera, solamente guiada por el rastro de los que se lanzaban muertos, venir desde aquélla a La Española; tal y como se lo cuente lo diga. Después, me seguiré arrastrando hasta conseguir un lugar solitario en esta isla donde me permitan morir, porque ya habré cumplido con mi pueblo y con los antepasados. Nos hemos acabado. Nos hemos acabado.

Caracas, Febrero de 2011

Desde el mirador

Mi hermano fue siempre un emprendedor de labores extrañas: contrajo matrimonio, hizo de vendedor de aparatos contra
incendios kustos, realizó tareas de jardinería en un vivero ajeno,
fue visitador médico, vendió cachapas con queso en un puesto
de carretera, fue representante de una sastrería que hacía trajes
de casimir por encargo, atendió una bomba de gasolina en la
vía hacia oriente, nuevamente fue vendedor, esta vez de liga y
otros repuestos para el sistema de frenado de los automóviles,
tuvo dos hijos que apenas pudieron lo dejaron, bebió sin parar
en ningún momento, la mujer lo dejó también... y entonces
comenzó su verdadera aventura, si las anteriores no bastaban;
aventura que nos llevó a considerar muy seriamente la fortaleza de carácter de la familia y su inquebrantable terquedad:
ya viejo para el oficio, logró hacerse piloto de avionetas: para
fumigar las plantaciones en la zona central del país, hacer vuelos especiales para enfermos adinerados que querían ser aten-
didos en la capital, pasear turistas por las selvas de Guayana,
transportar alimentos, aguardiente y gentes a las zonas mine-
ras de esa región... y pare usted de contar.

Dentro de la normal zozobra que todo esto significó para
la familia, estaba al final la tranquilidad --con sobresaltos--
que trajo la incursión de mi hermano en un trabajo que le permitiría, al fin, ponerse al día en sus deudas y dejar de vivir al

filo de los acreedores. En otras palabras, a partir de entonces mi hermano pudo tener un apartamento, muy modesto pero cómodo para él, un odontólogo que puso fin a sus males gravísimos de caries y dientes partidos, un vehículo normal pero muy adecuado a sus necesidades. Pero, y en estas historias siempre sale este pero; pero no logró conseguir otra compañera de vida: y eso para él constituía una catástrofe.

Cuando nos visitaba, cuestión que hacía con bastante frecuencia, se le veía en el rostro, en el habla y en el andar que sus asuntos sentimentales no marchaban bien: y todos rogábamos porque alguien lo tuviera en cuenta y le ofreciera eso que tanto necesitaba él, eso que le era vital y que para otros no significa mayor cosa. Pero nuestros ruegos no eran escuchados y en cada nueva visita de mi hermano veíamos acentuado el estado de calamidad que aquella soledad le ocasionaba. Quisimos complacerlo, salíamos a tomar algunas cervezas con él (ahora, él pagaba las cuentas), lo llevábamos a sitios de escasa o mucha reputación (que a él le gustaban), le comprábamos libros de crucigramas (era un experto en sacarlos), le hacíamos realizar complicadas operaciones numéricas mentalmente (nunca fallaba), pero nada de eso lograba apaciguar su necesidad imperiosa.

Dejó de visitarnos. De pronto dejó de visitarnos. Y por más que hicimos para comunicarnos con él, no logramos localizarlo: ni en el apartamento, ni telefónicamente ni vía correo electrónico. Mi hermano había desaparecido, cuestión que llenó de angustia el hogar y alargó los rostros de sus componentes, que se tornaron más silenciosos y menos dados al chiste o al juego que antes. Todos convinimos en que era un problema de soledad y nos culpamos de alguna manera por no haber sido capaces de resolverlo. Pero el asunto urgente, ahora, era saber dónde estaría mi hermano, era encontrar al loco ese y decirle que esa soledad la mata el tiempo (a pesar de que ya tenía muchos años solo) y de que siempre hay otra oportunidad si uno se las arregla para encontrarla (a pesar de que ya tenía muchos años arreglándose para ello).

En fin, mi hermano es mi hermano y un día se las arregló, aunque a su manera. Cuando ya lo habíamos dado por perdido; cuando las visitas a hospitales y morgues y las denuncias a las policías no habían ofrecido resultado alguno; cuando habíamos pasado meses de soledad, culpa y ensimismamiento; cuando inclusive comenzábamos a olvidarlo con resignación, justo entonces recibimos un correo suyo. En el correo nos decía que estaba en el Perú, que se sentía muy bien y que de nada teníamos que preocuparnos, porque hasta trabajo fácil y bien remunerado había encontrado en Nazca, un lugar situado fuera de la capital.

Volamos a los diccionarios y a la Internet para saber qué era Nazca; y cuando observamos el desierto ilimitado, la sensación de sequedad, la soledad sin fin, concluimos que mi hermano estaba definitivamente perdido, que ese viejo loco había dado los últimos pasos de su vida. Leímos sobre las figuras (o geoglifos) de Nazca y en otro correo de mi hermano pudimos observarlo parado junto a una avioneta y en pleno vuelo manejándola. A lo lejos, muy a lo lejos, vimos algunas de las figuras que ya habíamos observado en Internet. Nos dijo que era piloto de una compañía encargada de mostrar a los turistas las figuras de Nazca; que los vuelos duraban poco y consistían en recorrer el desierto, la pampa, acercarse a las figuras inmensas grabadas en el suelo y decir los nombres de ellas, según parecieran un papagayo, un mono, un astronauta o cabeza de lechuza, una pista u otras cosas. Decía a los viajeros que eran del año 300 o algo así de nuestra era; que algunos creían que eran obras de dioses o de extraterrestres, pero que lo mejor era creer que fueron hechas por una gente que vivió allí 900 años antes de los Incas. Y para darles una idea del tamaño del desierto, les decía que el mono medía más de cien metros, que el papagayo más de doscientos, y así. Hablaba también de una alemana que pasó el resto de su vida cuidando las figuras, limpiándolas con una escoba, casi como un fantasma, haciendo reparaciones donde consideraba necesario, alejando gente que las mortificaba. Murió en el lugar, seca como un espantapájaros, ya vieja, la alemana. Al bajar, los turistas, muchos de ellos mareados por las vueltas de la avioneta, dejaban dólares de propina. En eso consistía su trabajo. Luego se iba al pueblo, bebía como de costumbre hasta dormirse y se levantaba para volver al trabajo. No necesitaba nada más para vivir, les decía en otro correo; no estaba dispuesto a volver, les comentaba; no quería hacer nada que no fuera lo que estaba haciendo, decía casi como final, y que seguramente una colla aparecería pronto en su vida. Fuimos nuevamente a los diccionarios y a Internet y supimos que la colla era la compañera del Inca. Este es el fin –dijimos a coro.

Y resultó que tuvimos razón; resultó que efectivamente ese fue el fin, porque en un correo firmado por la compañía, en el que preguntaba discretamente si éramos familiares (se notaba que habían registrado su máquina y encontrado muchos correos a la misma dirección), supimos que mi hermano había muerto en un accidente de aviación: todos calcinados, él y tres pasajeros, decía el mensaje. Si quieren podemos esperar a que vengan por si desean verlo y enterrarlo acá o en su país. Total, está como para esperar.

Fui lo más pronto posible al Perú y a la mañana siguiente tomé un automóvil para Nazca. No imaginaba que ese lugar estaba tan separado de Lima, cuatro horas o más duró el viaje, siempre por carreteras perfectas: primero por un paisaje cambiante y solitario que nos acercó al Pacífico; luego, a orillas casi siempre de ese océano maravilloso, por otro, más solitario aún, que se iba secando lentamente a cada lado de la carretera, que comprendía un túnel de una belleza primordial y severa y que finalmente llegaba a Nazca: desierto, desierto, desierto... ¿Cómo hizo para venir hasta este lugar? ¿Quién le contó de esto?

Hablé lo menos posible con los empleados de la compañía, vi el cuerpo retorcido de lo que fue mi hermano, dispuse que lo enterraran en el cementerio más cercano lo más pronto posible, no quise visitar la casa donde vivía (la imaginaba perfectamente), firmé papeles sin leerlos siquiera, tampoco acepté volar al lugar del siniestro ("Cayó cerca del Papagayo", me contó un empleado. "La figura quedó intacta", remató, como para darme consuelo o quitarme responsabilidad. "Era un buen piloto", contó otro. "Un tanto bebedor pero bueno"). Al poco tiempo, todo estaba arreglado. Me tomé un refresco entonces, mientras veía el cielo de Nazca y me contagiaba con la resequedad de la tierra. Nada quita la sed en este lugar. Nada permite conservar el agua, ni en la tierra ni en el cuerpo. Es como si una aspiradora gigantesca succionara toda marca de humedad. Pero es un paisaje hermoso, salvajemente hermoso.

Dispuse el regreso y tomamos nuevamente la carretera (Panamericana Sur, supe entonces que se llamaba). Al poco tiempo divisé un mirador y le pedí al conductor que se detuviera. Subí las escaleras del mirador y tuve a mis pies las figuras de Nazca. Por primera vez las veía directamente, por primera vez observaba desde mí mismo lo que miró mi hermano: algo como una pista, a lo lejos; algo como una iguana, cerca de mi punto de observación. Una brisa más seca que la tierra atrapó mi cara. Volví a mirar, cuando el aire la soltó. Había un árbol. Tal vez, sólo tal vez valía la pena morir por este desierto tan majestuoso, pensé. Tal vez mi hermano, me dije, que vivió siempre como quiso, finalmente no murió en vano.

Pero sabía que nada de esto podía decir en casa, sabía que tenía que hablar de la terquedad de mi hermano y de su aventura insólita en un lugar con figuras grabadas, pero despejado de nubes, despejado de agua, despejado de todo.

Caracas, Noviembre de 2010

La nube del Pacífico

Nos dijeron que tuviéramos mucho cuidado, que no nos alejáramos de nuestras casas demasiado porque algo grande había ocurrido, algo que tenía que ver con todos nosotros. Preguntamos de qué se trataba y sólo atinaron a respondernos: "La nube del Pacífico". Luego investigamos por nuestra cuenta y supimos que una cosa muy grande y llena de peligros había explotado en una isla cerca del Pacífico, y que había metido su inmundicia hasta la raíz de la propia tierra y desde allí a las cabeceras de los ríos, envenenándolos. Supimos que llegó al Atlántico por el Estrecho de Magallanes y el Canal de Panamá. También leímos que una nube muy grande, a veces incolora, a veces del color de la nube de Kurosawa, se estaba esparciendo por el mundo con la misma inmundicia y que esta se mete en los pulmones y los achicharra o en la piel y la quema o en los huesos y los retuerce. Nos enteramos de que no había ningún antídoto contra tal veneno y que sólo nos quedaba esperar, cerrar lo mejor que pudiéramos las casas (aunque de nada valía), y si teníamos alguna fe rezar porque ocurriera algo milagroso y desapareciera.

Como no tengo fe y me parecía ocioso orar, salí a pasear con mi amigo (otro sin fe) por las afueras de la ciudad. Llevaba mi camioneta con aire acondicionado. No había nada en el paisaje que presagiara algo, aunque vimos con dudas el cielo, los árboles, el ganado, los pájaros. Mi amigo estaba triste, porque iba a morir y a perder a su familia. Yo estaba preocupado por la salud de mi hijo y la de su mujer; y a veces, por la mía. Yo vivía con ellos, en una casa acogedora y con patio. La nube se acercaba demasiado rápido, supimos, y en cuestión de horas o minutos podía llegar a la ciudad. Yo propuse a mi amigo regresar lo antes posible. Él prefirió quedarse: no soportaba la idea de ver morir a su gente –me confesó, todavía con más tristeza.

Dejó al amigo en un descampado, cerró herméticamente todos los vidrios, puso el aire y salió disparado hacia la ciudad. El cielo había cambiado; mostraba ahora algo espeso, flotante, con autonomía y con la apariencia de un gigantesco pájaro. Aceleró. Pero la nube-pájaro era más veloz que todo cuanto pudiera correr. Casi cierra los ojos cuando se da cuenta de que esa cosa le mostraba unas garras amenazadoras y se abalanzaba hacia la camioneta. Pasó sobre ella... Sintió un calor inmenso, pensó que la camioneta se iba a derretir, aguantó la respiración hasta más no poder (fueron años y siglos de desesperación en su tiempo); pero cuando volvió a respirar, ya resignado a la muerte, se asombró al constatar que nada le había sucedido; nada que él conociera, por lo menos. La camioneta continuaba andando y él no estaba muerto; o si lo estaba, era de una manera que nunca se le habría ocurrido y que no aparecía en ninguna parte que él conociera. Siguió conduciendo a toda velocidad y confirmó que estaba vivo, o algo por el estilo, cuando vio a los lados de la carretera. Todo allí sí estaba muerto: el ganado, los pájaros... todo. En ese momento (no en el suyo sino en el de todos) no pudo preguntarse por qué él estaba vivo. Una angustia por la suerte de su familia le alejaba de cualquier pensamiento que no fuera llegar a la ciudad, a la casa, a su hijo y a la mujer de su hijo.

¿Qué habrá pasado con ellos? ¿Corrieron su misma suerte o en realidad él estaba equivocado, desvariaba metido en otro plano, y esto que "vivía" era la muerte?

Llegó a la ciudad, que estaba bañada de un silencio extraordinario. Había automóviles encendidos, con los ocupantes tirados sobre el volante o sobre los asientos; había perros y gatos, tirados en plena calle o en las aceras. Había cucarachas por todas partes, indiferentes al duelo repentino, o tal vez festejándolo. El río seguía su curso: se oía el correr de las aguas, pero una sensación inexpresable de lo deshabitado, acompañaba aquel fluir; a lo lejos, en alguna parte de la ciudad, varias cornetas sonaban: y eran como avisos que languidecen a medida que pasa el tiempo; el aire formaba pequeños remolinos sobre los pavimentos, pero era un aire solo, abandonado, entristecido. Si alguna vez hubo vida en aquel lugar –y hubo bastante—ahora sólo quedaba el reino de aquellos insectos y la negación de otra presencia.

Estacionó frente a la casa de su hijo, su propia casa. Tuvo que abrir la puerta principal. Los encontró abrazados, sin vida, como si en el último instante hubieran querido protegerse uno al otro, o despedirse estando juntos. Separó los cuerpos, llenos de quemaduras, buscó una pala y se dispuso a hacer una fosa para enterrarlos en el patio. La urgencia de la tarea le impedía expresar, o siquiera sentir, cualquier emoción. Comenzó su trabajo, pero apenas había avanzado un poco lo detuvo. Y ahora sí, se obligó a pensar y a sentir. Si toda la ciudad había muerto; si él era el único sobreviviente –y eso parecía casi seguro-- ¿qué ganaba con enterrar a dos cuerpos si la tarea sería enterrarlos a todos? Él sabía que no podría hacer algo tan dilatado y que tal vez le llevaría el resto de la vida. Y en cuanto al sentir, se sorprendió por la calma que había experimentado, por la casi indiferencia que demostró, ante la muerte de su hijo y su pareja. El accionar para enterrarlos había sido un acto casi reflejo, una respuesta mecánica ante algo que se mostraba como evidente. Menos explicable era la detención de ese acto: y le sorprendió no haberlos enterrado. Y en cuanto a él, ¿por qué seguía con vida mientras todo lo demás estaba muerto? Recordó vagamente viejas lecturas. Vinieron a su memoria las ideas dualistas de la metempsicosis. Pero como explicita el sustantivo, la nueva era una vida en otro cuerpo, nunca en el mismo. Por otra parte, si tenía razón quien sostuvo que la continuidad era

una razón suficiente para que este mundo, entre muchos, fuera
el seleccionado, ¿por qué tenía que ser él, y no otro del pueblo,
quien resultara seleccionado, luego de ese paréntesis que es la
muerte –si es que tal paréntesis ocurrió? ¿O sería acaso que él,
con un hijo a medio enterrar, no era ya el mismo que dejó al
amigo para huir de la nube? ¿Sería posible que él, y en consecuencia otros como él, en alguna otra parte, fueran los respon-
sables de garantizar la continuidad, suponiendo que a la física
de la forma terrestre correspondiera otra de los demás habitantes? ¿Suponiendo que existiera una Ley casi matemática,
superior al capricho de un creador? Aunque nada comprobable
explicara su selección, algo era cierto en todo esto: la inmundicia lo había perdonado o él había creado, en un momento
inexpresable, resistencia a ella. Miró el cielo legal: estaba despejado, casi luminoso; pero de alguna manera parecía otro.
Y sin embargo todo, salvo las muertes, que anunciaban una
ruptura, llevaba a la certeza de la continuidad desde lo infini-
tesimal: los edificios en perfecto estado; las casas, tal y como
las dejó al salir; las calles sin enmiendas; el alumbrado público
en perfecta ubicación, aunque dañado; las aceras, el río. Lo que
para él había significado mucho tiempo, para la ciudad y sus
habitantes significaron apenas minutos –le dio por divagar.

Sintió hambre. Buscó en la nevera de su hijo, que ya no
funcionaba, pero que aún mantenía el frío, algo de comer.
Consiguió un pedazo de carne, casi congelada; trató de coci-
narla, pero la cocina ya no encendía; entonces la puso al sol por
un rato y luego, con placer después de haber vencido la repugnancia inicial, la consumió cruda. Ya el sonido de los carros que
habían estado encendidos y el de las cornetas había cesado, ya
el viento seguía revoloteando en las calles, aceras, ventanas de
los edificios y techos de las casas. Ya todo era silencio y cadáveres todavía sin señales evidentes de descomposición. Recorrió
la ciudad. El mismo paisaje se repetía en todas partes. Hurgó
en las casas y apartamentos: así como había una enorme cantidad de muertos, lo cual era de esperar, había también muchí-
sima comida en las neveras apagadas. Podía vivir años sin

pasar hambre –se dijo—sin siquiera pensar que esas comidas estarían descompuestas dentro de poco tiempo, cuando cesara el efecto congelador de las neveras.

La primera noche, durmió plácidamente en la cama de su hijo; no en la suya, situada en otro cuarto: era como si le molestara encontrarse consigo mismo, aun en los objetos que le pertenecían. Al despertar, le pareció que estaba en un lugar extraño, rodeado de cosas cuyos usos le costaba descifrar. Tuvo cierta dificultad para abrir la puerta y mucha más, antes, para comprender cómo moverse dentro de esos espacios y llegar hasta ella. Salió a la calle y se sintió de inmediato atraído por el río. En ese momento, era lo único realmente familiar que encontraba. Sintió que hacía horas o meses había pensado en algo que ya no recordaba. Sintió que en otra época (o vida) había leído sobre eso que ahora no podía recordar. Más tarde, el instinto lo llevó a escarbar dentro de la casa en un objeto rectangular que expedía un delicioso olor a carne. Comió sin reparos lo que allí encontró. Los edificios y las casas se fueron deformando, igual que las calles y las aceras, en artificios cuya función, ahora sí, no acertaba a comprender. Se sintió, por primera vez, extranjero y solo. Solo, en esta inmensa parte del mundo. Algo lo indujo a decir algunas palabras y sólo atinó a repetir, con mucho esfuerzo, "ya no quedan imágenes del recuerdo; sólo quedan palabras." "Palabras... de otros". Una masa de olvido se apoderaba de su cerebro, lentamente, con la expresa voluntad de llenar todo.

La mañana siguiente, despertó acostado en la calle, más acogedora y quizás menos extraña que la cosa en donde había dormido la vez anterior. Ahora no fue por alimentos sino que tomó lo primero que encontró a su paso (¿alguna cucaracha, otra cosa?), en plena calle. Se acercó al río y le divirtió ver el paso de la corriente. Lo uno y lo mucho, atinó a pensar; pero de inmediato sobrevino el olvido. En el suelo, frente al río, pasó el resto del día. Sus facciones eran las mismas; y sin embargo, nada costaba presumir que podían ser otras. Su mirada, sobre todo, daba la sensación de que algo se estaba apagando dentro de él. En un momento le molestó la ropa que llevaba y la templó hasta romperla. Lanzó los zapatos lo más lejos posible. Miró el cielo y el río, alternativamente; se sacudió, como lo hubiera hecho un animal, y salió dando saltos… como una hermosa bestia.

Caracas, Abril de 2011

Servicios Especiales

Leía un escrito de Poma de Ayala cuando sonó el teléfono. Maldijo su suerte que ni en reposo le permitía leer con tranquilidad... Llamaban de la oficina: Es La Señorita L.: Un caso raro. El jefe quiere verte de inmediato. Dijo que después tomas los días que quieras, "los que le dé la gana" -dijo-, pero que vengas ya. Se trata de unos quechuas y el Titicaca, y ya sabes, con el nuevo gobierno.

Todo había cambiado con el nuevo gobierno. Antes, un caso quechua o aimara ni siquiera hubiera valido una noticia de segunda, menos una llamada de parte del jefe con la consecuente suspensión de su reposo. El jefe conocía de su situación, había sido testigo de un achaque suyo aquella noche en que leían algo sobre para qué poetas: tuvo una suspensión respiratoria, momentánea pero terrible, que dio al traste con la sentencia: "Nuestra tarea consiste -leía- en grabarnos en nuestra memoria esta tierra provisional y perecedera de modo tan profundo..." Y entonces, el aire se fue.

Lo llamaban de la Oficina. Eso sonaba tan extraño, imperioso y angustiante como si lo estuvieran haciendo desde la División o el propio Ministerio. Servicios Especiales, recuerda, era años atrás una flamante Dirección, con personal criollo (expresión que contiene a pardos, mestizos, blancos y pare de contar) y amplias oficinas; pero la cada vez más rápida modi-

ficación de los estatus y de las labores, la proclamación de la
inexistencia de "servicios especiales" (porque, según la nueva
burocracia, lo que antes pudiera ser considerado especial
devino rutinario), y la urgente necesidad de limitar gastos, la
redujo a lo que ahora es, una Oficina, con solamente el jefe,
La Señorita L. y él. Nada menos que antes han hecho desde
entonces; nada distinto de lo que siempre realizaron como
Dirección; nada que desmienta la validez de mantener esa
dependencia burocrática, ni siquiera los ratos que dedicaban
a la lectura, devaneos intelectuales que no desertaban de la
labor investigadora sino que al contrario, como decía el jefe,
"daban solidez de razonamiento y luchas con ánimo equita-
tivo y pulcritud, virtudes esenciales en un investigador". La
Señorita L. estaba de acuerdo. Les humillaba sin embargo
este trato reduccionista, que consideraban un menosprecio y
un peligro. Entonces, como contraparte, una suerte de porfía
en favor de algo que no terminaban de aclarar, o la primitiva
ley que ordena a cada cosa tratar de mantener su estado, por
no decir el orgullo de las tareas cumplidas, hacía que se afe-
rraran a aquella Oficina como si se tratara de lo más importante que tenían en la vida, o acaso de la vida misma. ¿Qué
podían hacer? Pasar inadvertidos había sido hasta ahora
el mejor recurso. Cumplían con sus tareas en el anonimato.
Nadie los mencionaba, nadie los buscaba, acaso nadie, salvo
La Señorita L., conocía de ellos ni del suelo empedrado de la
oficina donde laboraban. Y ahora resulta que el jefe, el propio
jefe descubría la guarida, los ponía a la intemperie mandán-
dolo a llamar para "un caso raro, especial... que tiene que ver
con unos quechuas y el Titicaca". Algo más allá de un caso
raro y especial escondían las palabras del jefe; algo que el
detective no lograba entender pero que le intrigaba y mandaba
pulsaciones de alerta a su cerebro, estaba por venir. Tampoco
dejaba de llamar la atención el que justo ahora, cuando sería
permitido suponer que un caso cualquiera de un quechua o
varios, en lugar de especial tendría que merecer un trato y
un calificativo de normal, ya que especial es también lo que

se aleja de lo habitual -y en una nación con nuevo gobierno y mayoría de población indígena no puede estar falto de habitualidad algo que tenga que ver con algunos miembros de ella, la población indígena, como sí estaría aquella acción que involucrara a un ucraniano, por ejemplo-; no dejaba de ser extraño entonces el que justamente ahora, el jefe de la Oficina de Servicios Especiales acudiera a su empleado, investigador o lo que deseen llamarle para tratar con él sobre unos quechuas y el Titicaca. ¿Para tratar de qué? Unos quechuas y el Titicaca, podía significar cualquier cosa... "Puede ser la carnada para una advertencia, para un llamado, para una súplica" -dijo el jefe hace años, cuando investigaban un delito. El delincuente preparó todo para que su acto fuera tomado como una petición de ayuda en lugar de un delito... ¡Qué país tan difícil, hasta para los de allí!

Él era de allí, desde luego, pero no era quechua ni aimara sino uno de esos a los que por decirles algo -y en general, algo no muy honroso- les dicen criollos. Su apellido delataba su ascendencia extranjera, venida de esos alemanes que llegaron huyendo luego de la Segunda Guerra, cargados de crímenes y otras perversidades. Él no era así, estaba seguro; tampoco el jefe, quien también venía de alemanes pero lo distinguía una situación distinta de la suya. Les tocó en suerte (buena o mala) y ya. Asimismo, él creció con los otros de allí. Jugó con ellos. No se molestó cuando le dijeron extranjero, en broma o en serio. Jamás les habló en la lengua de sus padres ni copió, al menos casi nunca exageradamente, sus maneras. Por el contrario, aprendió las lenguas de ellos y adoptó en cuanto le fue posible sus modos de comportarse. Era un criollo, un criollo sin más. Pero lo extranjero supura, como una llaga; y así, ciertas vertientes de su ser dejaban fluir algunos caracteres que, si no extraños, muchas veces parecían rebuscados, sobre todo cuando hacía hincapié en ellos. Es bueno señalar que esto no le valió el desprecio de los otros, quienes, por el contrario, dada su tendencia a la perfección o a la completitud de cada uno de los casos que le habían tocado, inclusive dadas sus lecturas y su ecléctica biblioteca, y hasta por la música que escuchaba o por el acogedor apartamento en que vivía, le habían reconocido méritos y otorgado cierta y más que cierta firme fama de corrección -corrección de criollo no digna de imitar, por supuesto. Fama con la que él no estaba del todo conforme pero que le sirvió muchas veces para imponer sus criterios. El asunto del aimara aquel, por ejemplo, durante el otro gobierno, que le llevó, con la venia de La Señorita L. y de los otros (el jefe sufría de paperas), al extremo de amenazar a todos con filtrar información entre los representantes de la etnia si decidían cerrar el caso sin siquiera hacer la más elemental investigación. Es cierto que ningún efecto tuvo su amenaza y que igual acusaron al indígena de algo que a todas luces no había hecho y resolvieron todo de manera expedita con una sentencia absurda e inhumana. Pero había hecho uso de su fama. Otros, aun si quisieran no podrían siquiera intentar lo que él, en una situación similar. Era alguien con mucha voluntad y La Señorita L. lo consideraba digno de su respeto. Eso le satisfacía, en el fondo; le hacía permanecer en las alturas de esa capital (cuando todos y hasta La Señorita L. le aconsejaban buscar un sitio en donde hubiera más oxígeno) y le ayudaba a sobrellevar su madeja de males, entre los que destacaban los pulmones agujereados por el cigarrillo. Sus pulmones no tenían solución; y si la había, no estaba al alcance ni de su médico de confianza ni de sus finanzas. ¿Cómo extirpar las numerosas bulas que se le formaron en cada pulmón y amenazaban con explotar en cualquier momento al extremo de que cada cierto tiempo le era necesario tomar reposo para "ponerse en forma", como le decía el jefe? Y ahora el jefe lo había sacado de su tratamiento para ponerse en forma con esta cuestión de los quechuas y el Titicaca. Sobre los quechuas algo sabe; y sobre el Titicaca, sabe que es el lago más alto del mundo (sus pulmones se retorcieron) y que mantuvo y mantiene una condición de sacralidad que lo hace apto para recibir peticiones y ofrendas de la gente. Con frecuencia se observa una embarcación que lo surca. Lleva pasajeros que necesitan verlo, sentirlo y adorarlo. Toda actividad fundamental tiene como escenario el Titicaca. Cualquier toma de decisiones, desde la más ligera hasta la más osada, tiene como escenario el Titicaca. En la Oficina, La Señorita L. le habló del asunto, aunque de forma muy somera y casi secreta (el jefe estaba reunido con gente del nuevo gobierno: quechuas o aimaras, observó de lejos), le dio un bulto de papeles que le había dejado el jefe y le ordenó partir para el Titicaca lo antes posible; y esta expresión, "lo antes posible", venida de ella que era como boca del jefe y más, quería decir ese mismo día o, a lo sumo, a la mañana del siguiente. Así que volvió a su apartamento y se puso a arreglar el equipaje: los dos tomos de Guamán Poma, en primer lugar; los materiales del caso, en segundo; la bomba de oxígeno y otros remedios, en tercero; y finalmente, las cosas que cualquier viajero acostumbra llevar cuando sospecha que su ausencia podría prolongarse. De todas maneras, si exceptuamos los tres primeros ítems, su equipaje era poco robusto. Unos quechuas... Hasta hace poco... Pero todo había cambiado, según él para bien, desde que asumió la presidencia aquel indígena; ahora, era menester dar un trato justo a cualquier asunto en el que estuvieran involucrados los indígenas, los originarios o pacarimoc runa, como les decían después del triunfo (porque cada nuevo poder fija sus expresiones), guardando un respeto que nunca habían mostrado, seleccionando un lenguaje que jamás habían seleccionado, usando unos modales que en ningún otro tiempo habían usado para tratar con los originarios. Los tiempos habían cambiado, sí, mucho habían cambiado: y hasta podría parecer una suerte de paradoja universal, o señal profunda, (ya lo dijo, con otras palabras), el que fuera él, un criollo de apellido alemán, quien estuviera encargado del caso y eventualmente, como ya comenzaba a sospechar por la urgencia con que le llamaron y la reunión del jefe con los del gobierno, encargado también de "sacarle las patas del barro" al jefe -expresión preferida de éste (el jefe) cuando ayudaba a alguien: "Le saqué las patas del barro a fulano de tal...". Volvió sobre sus pasos y dijo: Si el asunto es así, si se

trata de una prueba, de una trampa o de un pase de factura
étnico (observa su piel, tan pálida como la del jefe), ahora él
intentará sacar las patas del barro en que otros jefes (de los
que llaman pacarimoc runa) amenazan con meter las del suyo,
si no da (¿o aun dando?) solución rápida y satisfactoria al "caso
de los quechuas y el Titicaca", como él mismo (el detective)
comenzó a llamar lo que se le antojaba una nueva investigación, aun sin conocer los detalles de la misma. Sintió en el
alma que el jefe le escribía un mensaje cifrado: Alerta, que la
cosa depende de ti. Firmado: El Jefe. Mas, ¿cuál sería la
cifra? Como había decidido salir al amanecer del día siguiente,
se dio cuenta de que tendría mucho tiempo libre antes del
viaje. Así le había dicho al conductor del vehículo que lo llevaría: "Mañana a las seis nos vemos en la entrada del edificio"
-le había dicho. Esto le daba varias opciones: ir al cine, pero la
cartelera escupía malas películas; salir a pasear sin más, pero
el clima no era propicio para ello ni sus pulmones le agradece-
rían si tomaba esta medida; escuchar música, pero en ese
momento no se sentía preparado para hacerlo. Entonces, sacó
de la maleta los papeles del caso de los quechuas y el Titicaca
para echarles un vistazo. Si no lo hubiera hecho, tal vez, solo
tal vez, otro habría sido el desarrollo de éste. Todo el material,
como sospechó apenas se lo dieron, estaba en un desorden
casi elaborado. En alguien metódico como el jefe, ¿desorden
típico de la premura? ¿Aquella reunión que vio de lejos, era la
causa de tanta premura? ¿No le fue posible finalizar algo, cla-
sificar correctamente el material?... Comenzó a ordenarlo.
Tendría que formar varios archivos, según los temas -que
desde ya se le antojaban inusitados. ¿Eran la cifra? Así procedió. "Una nación es un alma, un principio espiritual" -leyó,
en uno de los archivos. "Ni la raza, ni la religión, ni la geografía, ni siquiera la lengua común, entre otras cosas, constituyen
una nación". También leyó que la unidad nacional proviene
del olvido. Para tener unidad es preciso ser hábil en crear des-
memoria. Olvidar, echar en lo oscuro sin fondo aquello que te
amarra al pasado, a lo que fue tu vida antes de tu vida, a

tus padres y abuelos, y más atrás, a tu abismal laberinto del
tiempo. Limpiar todo lo que fuiste o pudiste ser; presentarte a
la vida, a la nueva vida siempre renovada, sin cargas ni susu-
rros; despreciar la historia, por hacedora de memoria; también el origen étnico, por separador. "Toda nación nace de la
violencia" -siguió leyendo, en el silencio de su habitación ligeramente iluminada. En algún momento le dio la impresión de
que ya no leía sino de que vertía este pensamiento directamente, sin recurrir a una hipotética versión primera en el
archivo número tal. "Y mientras recordemos esas violencias
originarias -continuó-, mientras no hayamos olvidado muchas
cosas, la esencia y existencia de la nación corren peligro".
Olvidar lo que fue, o hacer de ello algo nuevo y antiguo a la
vez. ¿Era parte del mensaje? Todo país nace de la violencia. El
que ahora es su país no fue la excepción. Y el otro país, el que
feneció, estaba aún sin embargo en las palabras y en los gestos
de los nuevos-antiguos pobladores, en el caminar taciturno de
los cordilleranos, en el aire delgado y asfixiante que los acompañaba, en las palabras breves que emitían, en el cielo próximo
a la espesura de las manos. Un pensamiento así, dijo, un pensamiento forjado de olvidos, les permitía mostrarse naciona-
les al jefe y a él; les permitía ser partes indistintas del grupo,
ser connacionales con los otros y en la medida de lo posible, es
decir, en la medida en que esta manera del ser fuese aceptada,
les permitía ser ellos y los otros, consustancias de una formación nacional compacta. "Porque la nación proviene de tal
desgarramiento originario, de una brutalidad tan grande y de
un dolor tan formidable, que para sobrevivir y no verse a su
vez desgarrados, sus moradores deben olvidar" -concluyó. Se
sintió saturado por un sentimiento del abismo. Sintió que
meditaba al borde de éste. El país donde nació no carece de
rostro, a pesar de lo nuevo, ya que proviene del alma y de
la geografía de otro. Y para ser de este país, según leyó, de
este país nuevo y antiguo, de este país que se anuncia, le piden
olvidar. ¿De qué país hablamos cuando hablamos de este país?
¿Del que fue, de éste o del que será? ¿Será otra parte del men-

saje? Ni siquiera para él, que viene de sangre asesina, de perseguidores, es fácil olvidar; aunque le tienta lo nuevo de lo que
pudiera formar parte, sin preguntas inoportunas, sin explicaciones. Aunque todos somos enemigos de todos, supone que
el jefe, como él, sentirá nostalgia del pasado y de sus antepasados: ¡ese pueblo que vive de recuerdos! Supone que ser descendiente de perseguidos, coloca al jefe en una posición incó-
moda en cuanto a olvidar. Él no querrá hacerlo, en principio,
porque el recuerdo es una forma de la venganza; y sin
embargo, él, que proviene de un pueblo del que hoy forman
parte perseguidores y asesinos ("No hay nada más desprecia-
ble que usar el sufrimiento y el martirio de ellos (los que
murieron en campos de concentración) para justificar la tor-
tura, la brutalidad, la destrucción de hogares..." -contó el jefe
que había leído, la otra vez, cuando hablaban del ataque a un
pueblo "enemigo"); él, el jefe, el mismo que ahora lleva en
la sangre el dardo canalla, hará coro con aquellos a quienes
les convendría olvidar para salir en busca de una vida
nueva. Esto significa que ambos, como La señorita L., deben
estar en la senda de la asimilación y actuar en favor de una
patria sin memoria ni razas ni religiones sino atacada por un
principio único espiritual. Pero, ¿realmente quieren eso? En
este caso en particular, él y el jefe, que han hablado tanto de
los derechos de quienes fueron ultrajados, ¿realmente quieren
eso? Recordó las veces en que pidió disculpas al jefe por lo que
su pueblo había hecho con ellos: su pueblo tan distante, propio y extraño a la vez. Recordó las respuestas del jefe advir-
tiéndole que él, el jefe, formaba parte de ese ellos, venía de
aquel pueblo distante, propio y ajeno a la vez. Recordó, al
borde del abismo, aquella lectura, inconclusa: "Nuestra tarea
consiste en grabarnos en nuestra memoria esta tierra provisional y perecedera de modo tan profundo...". ¿Cuál es esta
tierra? -pregunta nuevamente. ¿La de ellos, ahora, es decir, la
que de manera infortunada no es -porque al ahora le perte-
nece un constante negar-; la tierra posible o la de antes, y sin
embargo la de siempre, la de los pacarimoc runa? "El

Tahuantinsuyo es el 'país' original de los originarios" -lee en otro de los archivos. Sus fronteras inestables se encuentran o presienten en buena parte de la hoy llamada América del Sur, la cual proviene justamente del desgarramiento brutal de aquel "país" por los invasores. Ellos quisieron desdibujar la geografía, sepultar la memoria, deshacer los ritos. Ellos se propusieron crear fragmentos, como los de su Continente hecho de retazos, para sentirse en casa; arruinar lo que estaba, para creerse en casa; escandalizarse con las prácticas de los originarios, para decirse que venían de algo superior; sofocar lenguas para oxigenar otra. Ellos, ni siquiera ganaron. Tomó con más calma que sorpresa estas palabras. Iban a favor del conjunto inicial, de una vuelta al origen, de un rechazo, en última instancia, a la asimilación -a cualquier tipo de asimilación. Entonces vio a los cuatro suyos retomando forma, uniéndose otra vez: Chichansuyo al Norte, Collasuyo al Sur, Antisuyo al Oriente, Cantisuyo en el Occidente. Vio al Tahuantinsuyo reinando en América del Sur y una sonrisa de satisfacción, o de temor, voló en obsequio a su boca. Y emergieron aquellas lecturas y conversaciones con el jefe; y aquellas contradicciones de quienes se sienten extranjeros en su país, tomaron cuerpo y dilataron tantos recuerdos que acaso no podrían caber otros en el estrecho ámbito físico de su cerebro. Trajo a la superficie de su memoria las posturas suyas y del jefe en favor de los originarios (La Señorita L. era menos rotunda), los lamentos por la cultura reprimida: y volvió a Guamán Poma, acaso un partidario de la asimilación, así de complejo era todo, rescatado de su equipaje cuando ya era plena noche en el sedoso apartamento: "De cómo los dichos filósofos antiguos, que ellos le llamaban camasca amauta runa, entendían por las estrellas y cometas y del eclipse del sol y de la luna, y de tempestades y de aires y de animales y de pájaros, veían éstas dichas señales y decían qué había de suceder...". "Se sojuzga a un pueblo y se rapta una tierra" -decía la otra vez el jefe-; "pero así no sucede con los saberes". Los conocimientos más arraigados y profundos, cuando se ven bajo amenaza se arrinconan, cubren para pasar inadvertidos y añejan con los años; luego, reaparecen, fortalecidos, con brillos y aristas novedosos. Entonces, están preparados para retomar los sitios que les fueron arrebatados e impartir justicia póstuma entre quienes un día -hace ya tantos años que hasta los herederos de aquellos autores parecieran haberlos olvidado-, tomaron armas para batirlos en nombre de unos pretendidos saberes superiores. Así hablaba el jefe muchas veces, más o menos así, cuando ellos se reunían en la reducida habitación del doblemente compatriota detective. En esos momentos, como ahora ocurre con el detective, se asomaban a la ventana solo para ver que la neblina cubría la ciudad, para sentir que afuera estaba húmedo y frío, y para agradecer la suerte de tener un sitio tan tibio y acogedor donde retirarse.

El caso parecía simple, a primera vista. "Se trata del posible asesinato de un gemelo por el otro" -leyó en otro archivo. Hay un testigo que afirma haber visto cuando uno lanzaba al otro a la aguas del lago: "Íbamos por el Titicaca, estrujados de frío -relata el testigo. Empezaba el amanecer. La niebla cubría todo el lago y apenas podíamos vernos si estábamos lejos y un poco mejor si estábamos cerca. Éramos trece los que íbamos en la embarcación: criollos, quechuas y aimaras -que cuando se navega el lago nadie es diferente. Yo estaba cerca de los gemelos, yo soy un criollo y mi habilidad en estas embarcaciones no es suficiente. Así que estaba cerca de ellos porque sentía que allí era más seguro. Pero no fue así. Los gemelos comenzaron a discutir y lo hacían en voz alta -será que cuando no se ve bien, lo que uno quiere es gritar". El testigo asegura haber escuchado parte de la discusión: "No eran malas palabras, ni en quechua ni en español; eran palabras que se parecían a las cosas que ellos dicen: y siempre el asunto ese del Tahuantinsuyo, que si el Tahuantinsuyo solo con ellos mismos o si el Tahuantinsuyo con los otros también, los que no somos quechuas ni aimaras. Uno lo quería de una manera y el otro de otra. Ahora, si me preguntan quién lo quería así y quién de la otra manera yo no sabría decirles porque eran igualitos, como las propias dos gotas de agua eran esos quechuas. Hay una foto donde salen juntos y nadie ha podido decir quien es uno y quien el otro. Pero les aseguro que uno quería el asunto solo para ellos y al otro le parecía mejor con nosotros también. Allí vino la discusión y los gritos y esa manera de caerse al agua uno de ellos, que fue como tirar una piedra en lo helado, tanto frío que ni siquiera sentí el chapoteo. Y se cayó porque el otro le dio un empujón, de rabia diría le dio ese empujón, sin querer tal vez que se ahogara pero lo empujó. Eso es todo lo que yo tengo que decir". Un pasaje erudito con estudios sobre los indiscernibles -veía otro archivo- lo llevó a las raíces de un problema esbozado por el testigo: la imposibilidad de distinguir a los gemelos, con seguridad frutos de una concepción monocigótica. Eran idénticos en todo, hasta donde podía captar el ojo humano, y carecían de registros de nacimiento y otros documentos de identificación, como sucede con los quechuas. ¿Quién puede, con legítimo derecho, pedirle a un originario que cumpla normas impuestas por los invasores o sus descendientes? El ser en ellos no necesita marcas para ser, porque más que un ser individual es un ser colectivo. (La Señorita L. hubiera puesto inmensos sus ojos, ante tal afirmación.) En otras palabras y en el límite de la futura investigación, cualquiera pudo haber matado al gemelo, porque al hacerlo uno, si acaso alguien lo hizo, lo hicieron todos. Entonces, tomando en cuenta que un problema se resuelve o disuelve, ¿para qué investigar lo que no tiene solución aplicando la lógica habitual? Insistió, sin embargo, llevado más por presentimientos que por doxa. La imagen que se hizo del jefe, reunido con los originarios, le llevó a persistir. Imaginó al jefe severamente interrogado; vislumbró su salida como jefe de Servicios Especiales y el propio final de la Oficina; percibió el ya opaco azul de los ojos del jefe cuando estos descendían para buscar protección en el suelo pedregoso de la Oficina de Servicios Especiales; leyó el movimiento de una de sus manos como señales solicitando protección, y se dijo que ni el jefe, ni La Señorita L., ni la Oficina, ni él serían estrangulados, aunque para salir airosos tuviera que traicionar las ideas tanto del jefe como suyas en cuanto a los derechos de los originarios y a la inconveniencia de la asimilación. Otra nota contenía el archivo erudito: y esta llevaba nuevamente a Guamán Poma y a una denominación por dignidad y valor que respetaban y respetan los originarios. Copió las palabras del cronista Felipe: "... y había mucha caridad y mandamiento desde antiguo, buenos hombres y buenas mujeres y mucha comida, y mucho multiplico de indios y de ganado; y se hicieron grandes capitanes y valerosos príncipes; de puro valientes dicen que ellos se tornaban en la batalla en leones y tigres, y zorros y buitres, gavilanes y gatos de monte, y así sus descendientes hasta hoy se llaman poma otorongo, atoc, cóndor anca, usco, y viento, acapana, pájaro uayanay, culebra, machacuay; serpiente, amaro; y así se llamaron de otros animales sus nombres, y las armas que traían sus antepasados las ganaron en las batallas que ellos tuvieron, el más estimado nombre de señor fue Poma, Guamán, Anca, Cóndor, Acapana, Guayanay, Curi Cullque, como parece hasta hoy...". Ese archivo traía también el nombre único de los gemelos: Cóndor Anca runa; y entendió que ese nombre escondía y mostraba un privilegio y una estima; y que era único, porque de no serlo significaría una provocación y un enfrentamiento que a la larga disminuiría el valor de uno de los dos, lo que de suyo es inimaginable. La oscuridad del apartamento, atenuada por luces suaves y resbaladizas, se hizo cómplice de una cadena de inferencias que estaba dispuesto a ejecutar el detective y de las cuales saldría como resultado la poco probabilidad de que la muerte de un gemelo hubiera ocurrido, por no hablar del estorbo que constituiría para el resultado de la investigación concluir con que ellos existieron. Y acá despejó toda duda: supo que el mensaje se encontraba en el material que le había dado La Señorita L., que éste no estaba disperso sino con un orden que solo el detective podía descifrar y que esta previsión era necesaria por si caía en manos de quien no debía. Entraba entonces en la parte clave del asunto, y esta suponía que en realidad el jefe necesitaba ayuda, que ésta contemplaba el triunfo del Tahuantinsuyo amplio sobre el restringido, que de ese triunfo dependía la existencia de ellos como partícipes del Tahuantinsuyo y, en última o primera instancia, la permanencia de la Oficina de Servicios Especiales y del jefe mismo como Jefe. Se dio tiempo para un juego de poderes y se dijo que nada hay que mistifique más al hombre en la parodia de lo divino que gobernar. La Señorita L. habría estado de acuerdo. Ahora tendrá que vérselas con la cuestión de los gemelos. Pero una claridad, aun borrosa, se cuela en el apartamento. Ha comenzado el amanecer y con éste comienza a tomar cuerpo la inminencia del viaje al Titicaca, el lugar sagrado donde todo culmina. El conductor del vehículo se despierta e inicia el ritual de las mañanas, que en esta oportunidad incluye esperar al investigador en la parte baja del edificio y salvar con éxito el trecho que supone llegar al lago Titicaca desde esa capital. El investigador sabe que tiene el tiempo justo para rehacer el equipaje y bajar. El apuro acelerará su falta de oxígeno y traerá cansancio. Pero igual se pone en acción y lo hace con violencia. El asunto de los gemelos -dice- es la clave del caso. Pero ahora es cuestión de cerrar la maleta, tomar el abrigo y bajar. Eso hace, con mucha dificultad. Otras veces ha pasado por estos momentos, en una oportunidad el jefe fue testigo de algo así. Como entonces, también esta vez debe salir airoso. Se detiene para tomar aire. Tiene que volver al apartamento. Olvidó traer consigo música, aquel compacto de arias barrocas del Nuevo Mundo con Patricia Petibon, se le antoja muy importante en estos momentos. Lo escuchará mientras viaja al Titicaca. Si el asunto de los gemelos fue cierto; si uno de ellos botaba por la asimilación y el otro por la autonomía; si, como ha leído en el informe, son indiscernibles para el ojo humano y carecen de documentos de identificación, ¿cómo saber que el sobreviviente es justo el que conviene y no el otro, y cómo hacer para que en todo caso el que sobrevivió sea el que conviene? Algo tan azaroso, o en todo caso tan difícil de organizar y llevar a cabo, le pareció improbable, por no decir imposible que fuera planificado por el jefe -tan metódico. Más aun, que fuera pensado en ausencia de alguien de confianza que ejecutara el plan: el jefe mismo, La Señorita L. o él. Prefirió entonces tomar la ruta más difícil, porque suponía rescatar una vida, acaso conjunta, luego de haber proclamado la inexistencia de dos. Terminó de bajar con la maleta y el abrigo. Le preocupaba sentirse tan cansado cuando apenas iba a comenzar la tarea. Le irritaba que sus pulmones estuvieran llenos de agujeros y bulas. Todo es tan frágil, siempre: la imprescindible ausencia de los gemelos, la no menos imprescindible y hasta asombrosa existencia de un héroe, solo o como grupo. Se puso el abrigo. Necesita encontrar a ese héroe múltiple y establecer con él (o ellos) una mutua complicidad. Ya tiene su nombre: Cóndor Anca runa. Tiene también la dignidad que ese nombre otorga. Necesita hacer uso de ella para que el pueblo quechua (y el aimara) se sienta tentado de creer en Cóndor Anca y de seguirle. Necesita que Cóndor Anca, él o ellos, guerrero descendiente de guerreros, líder en potencia, realice en el Titicaca el acto del líder que proclama ante los otros la conveniencia de acceder a un Tahuantinsuyo generoso y abierto, que acepte la incorporación en su seno de los no originarios. ¿Cuánto tiempo le llevará consumar esta tarea? No lo puede saber, pero tendrá que ser el menor posible de manera que el jefe soporte el asedio a que es sometido por los que se sienten listos para salir de él, y de otros como él, y para proclamar el Tahuantinsuyo restringido, original. La Señorita L. se enerva ante tal posibilidad. Una ráfaga de desaliento lo entretuvo a la salida del edificio; otra de aire muy frío lo consternó. ¿Y si sus fuerzas no le daban para cumplir con el resto del plan, diseñado por el jefe ¿y La Señorita L.?, ¿Y si explotaba una de sus bulas? ¿Y si el tiempo, otra vez el tiempo que necesita para armar el rompecabezas, le jugaba una mala pasada? ¿Y si todo era mentira, su razonamiento era falso y por lo tanto los gemelos existieron así como sucedió la muerte de uno de ellos? El plan (el plan del jefe ¿y de La Señorita L.?) se estaba desarmando, apenas abordaba el vehículo para ir al Titicaca. Aunque necesita creer firmemente en el plan; plan hecho para salvarlos, lograr que los acepten en el Tahuantinsuyo y proclamar la permanencia de la Oficina de Servicios Especiales, tiene la duda propia del investigador veterano y que La Señorita L. conoce tanto; pero tiene también, una inclinación natural hacia lo que está haciendo, la convicción de que la naturaleza no se mueve hacia donde no se puede llegar y un largo viaje por delante para dedicarlo a la meditación. Acaso, al final de éste, podrá ratificar el plan, modificarlo o en última instancia, rechazarlo. Y en ese caso, si lo rechaza, ni siquiera sabe lo que hará. La ciudad está neblinosa y llena de frío. Se acomoda el abrigo para que le proteja el cuello. Hace poner el compacto con las arias barrocas.

Caracas, 16 de Septiembre - 2 de Diciembre de 2012

Todas las gotas del mar

La primera vez que percibí con conciencia su nombre fue en un café limeño en el que celebrábamos el final de un encuentro sobre los ochenta años de la primera edición de los *Ocho Ensayos* de Mariátegui. Recuerdo que en el encuentro mi intervención fue más editorial que estudiosa de la obra mariateguista, ya que mi presencia allí correspondía a la de un editor y no a la de un *connaisseur* del autor peruano; que alguien festejó a Arguedas como un "deudor" de la revista *Amauta*, pero lamentó la profusión de diminutivos y lágrimas de *Los ríos profundos*, "plagado también de métodos, escenas y hasta personajes proustianos y faulknerianos"--lo que a todos les pareció una blasfemia o cuando menos una exageración; que otro se refirió al problema indio estudiado por Mariátegui, como algo perteneciente en realidad al no indio, es decir, al descendiente del invasor, que al indio; y propuso hablar, en todo caso, y como autocrítica, del problema y dolor del no indio, extranjero e invasor para siempre en la tierra americana donde nació; que muchos se refirieron a la permanencia del editor de *Amauta* y a la necesidad de realizar una especie de Fundación, o lo que fuere más conveniente, para "perpetuar" (fue la horrible palabra utilizada) el legado de este handicap. Hubo muchos tragos de pisco en ese lugar, aparte de un batido llamado Pisco sour que todos celebraron. Yo no lo hice.

Fue en un momento cualquiera de la tertulia que un especialista mencionó a Dugarte y a su muy especial trabajo en la UNESCO, trabajo que enaltecía al Perú. Dijeron que estaba por jubilarse, a pesar de ser un hombre relativamente joven y aun lleno de vida. Aseguraron que volvería a su ciudad amada y se dedicaría a engrandecerla, lo que sería posible con su sola presencia. En fin, lamentaron la pérdida de un personaje tan relevante en una institución tan prestigiosa, pero auguraron que sería la chispa que le faltaba a Lima y sin lugar a dudas, el candidato más idóneo para dirigir las tareas culturales de la ciudad y del país.

Entonces una amiga se dirigió a mí para decirme que Dugarte me había conocido en la UNESCO hacía poco tiempo y que tenía una opinión destacadísima de mi actuación allá --la que, por cierto, no llevó a nada concreto. Hice uso de mi discreción, achaqué mi imagen borrosa del caso a mi inolvidable olvido de cuanto acontece, y le di a entender a mi amiga, sin ser muy específico (los que sufrimos de mi mal sabemos actuar en estos casos), que seguramente nos habíamos visto en algún pasillo y que lo más probable era que nuestro encuentro hubiera sido tanto fortuito como pasajero. Ella me dijo que cuando Dugarte viniera lo invitaría a su casa; y que si yo estaba aún en Lima, me diría para que fuera y para que habláramos, ahora sí, con más tiempo y tranquilidad. Le agradecí el gesto.

Mi presencia en la UNESCO tuvo por objeto lograr que una colección de literatura y pensamiento latinoamericanos fuera declarada Patrimonio, con lo que además de prestigiarla (si es que lo necesitaba) le daría seguridad de permanencia en el tiempo. Como dije, mi concurso de entonces fue un fracaso. No sospechaba yo que la actuación burocrática de la UNESCO era tan tormentosa como la de cualquier otro lugar; creía que la verdad de mis documentos y palabras serían suficientes; en cambio, me aconsejaron dirigirme a otra persona, justo a la que había sido representante de mi país en esa institución "y pasó toda la vida sin lograr nada", según consideraciones de su sucesora. Esa persona (me anotaron su nombre los consejeros) me ayudaría "en lo que todos ustedes fracasan", dijo una funcionaria de la institución: "llenar las planillas". "Es así", recalcó. "Otros países, con menores honores han logrado el cometido mientras que ustedes, con todos los honores, no lo han podido hacer. Es un asunto de las planillas. Hay que saber llenarlas y tener en cuenta que el Comité cuando se reúne para decidir, en general desconoce de lo que se trata y va más por la forma, rigor en el llenado y elegancia de la planilla que por el contenido de la misma". Reconozco que claudiqué, y me declaro culpable.

"Lástima que ya Dugarte esté de pasada por ese organismo; en caso contrario, hablaríamos con él y te aseguro que en muy poco tiempo todo estaría solucionado". Esas fueron las palabras de mi amiga, ahora intrigada por lo de mi país y la UNESCO.

Luego de tantos piscos nos despedimos (era inevitable) con abrazos y la seguridad de vernos o escribirnos más a menudo para no perder los contactos. Todos sabíamos que nadie lo haría, pero el momento se prestaba para esas tiernas e ineludibles mentiras de los congresos.

Permanecí en Lima aun varios días, con la esperanza de que mi amiga me llamara. Finalmente, cuando estaba perdiendo las esperanzas, lo hizo. Esa noche cenaría con Dugarte y yo estaba invitado para acompañarlos. Le pedí que me dijera en qué podía colaborar y me respondió que con mi presencia sería suficiente. Ella le había mencionado mi nombre a Dugarte y este casi pega un grito de emoción: "¡Claro que deseo verlo!" –me dijo. "Más aun, me es imprescindible hablar con él sobre ciertas tareas que podemos emprender juntos y que serán absolutamente beneficiosas para los dos países". Así me dijo. De manera que te esperamos esta noche, a eso de las 19.

Me vestí como creí adecuado para la ocasión; usé corbata azul, camisa levemente gris, pantalón negro y saco azul. No quería resaltar en el grupo, pero tampoco deseaba pasar desapercibido. Por lo que había oído sobre Dugarte, por las maneras tan respetuosas con que se referían a él, estaba seguro de que se trataba de una personalidad deliciosa y absorbente. Decidí llegar pasadas las 19 para no dar a entender una excesiva necesidad de ver y reunirme con el personaje. Confieso que estaba lleno de curiosidad y que no sabía con qué palabras abriría mi conversación con Dugarte. Decidí que la habilidad social de mi amiga resolviera cualquier situación embarazosa y toqué el intercomunicador. Pasaron segundos, que para mí fueron horas de angustia, antes de escuchar la voz de mi amiga que, con una tonalidad confusa, me invitaba a empujar levemente la puerta y pasar.

"Se acaba de ir, querido... Se acaba de ir". Lo habían llamado de urgencia las autoridades gubernamentales ("parece que el mismo presidente") y no tuvo más remedio que salir a toda prisa. "Pero te dejó saludos. Te pidió que le disculparas. Te dejó dicho que muy pronto se pondría en contacto contigo". No pude decir nada. "Lo siento tanto, querido, era tan importante que hablaran, en la terraza tengo una vista estupenda del Pacífico, les había reservado dos asientos para ustedes, ven a ver". Era una vista estupenda del Pacífico, en efecto; y los asientos estaban dispuestos para una relajante y fructífera conversación.

Regresé a mi país, ni siquiera decepcionado aunque sí indispuesto y curioso. ¿Qué poder tenía este hombre para no estar y sin embargo ser el centro de cualquier reunión? ¿Cómo lograba que todos hablaran de él...? Volví a la rutina de la ciudad y el trabajo, y aunque mi amiga y yo nos seguimos escribiendo con frecuencia, jamás mencionamos nuevamente a Dugarte. Leí un día sin asombro que había obtenido todos los galardones de la cultura de su país y que ahora tenía un poder enorme dentro de esa área: era director de una prestigiosa Casa de la Cultura, asesoraba al gobierno en esa materia, representaba a la UNESCO, aunque de manera oficiosa, pues ya estaba jubilado, en asuntos vinculados con la cultura de su país, y un largo etcétera que me pareció pernicioso leer. Algunos días después, recibí un correo de mi amiga: se iba a celebrar un congreso internacional en el Perú, organizado por la Casa de la Cultura, y Dugarte deseaba que yo estuviera presente. ¿Qué te parece?, preguntó mi amiga. Le contesté que me parecía muy bien, muy interesante, pero que precisaba de una invitación de Dugarte para poder ir. Ella me respondió que eso era sencillísimo y que apenas lo viera le diría... La invitación, por supuesto, jamás llegó y mi amiga, apenada, diría que muerta de rabia, me juró que había llamado a Dugarte y que este le había dicho que nada más finalizaran la conversación me mandaría la carta. Le dije, finalmente, en un acto de heroísmo, que igual iría al congreso y que me guardara un pase para el acto inaugural, a cargo de Dugarte. Ella lo hizo. Tan pronto nos vimos en Lima me tendió el pase y dijo las respectivas palabras de disculpas. La tranquilicé, asegurándole que ahora sí, inevitablemente, vería a Dugarte y que hasta era posible que hablara con él. Ella me prometió el asiento más próximo: y así quedamos para la noche de la inauguración.

Fui puntual esta vez. No quería perderme ni un minuto de ese acto, que ahora se había transformado en una necesidad absoluta, en una suerte de imperativo. Todos estábamos sentados, expectantes, cuando salió un empleado de la Casa y dijo lo que tenía que decir, lo que ya yo presentía que iba a decir: "Lamentablemente el maestro Dugarte no podrá compartir con nosotros esta inauguración. Una tarea ineludible reclama su presencia a esta hora. Él les pide disculpas, pero dejó escrito un discurso de apertura que, con vuestra venia leeré".

Salí disparado de la sala, sin siquiera despedirme de mi amiga. Caminé varias cuadras, con furia, con dolor, hasta llegar a un sitio desde el que se observaba de cerca el Pacífico. Ese océano, que no es el mío, dije, me tiende la trampa y llama a cada momento. Recordé que hace años estuve a punto de mudarme a Lima, solo para verlo...

Alguna vez supe que el inconsciente capta el sonido de cada gota de agua que compone el tumultuoso océano, hasta que un golpe súbito despierta nuestra conciencia y entonces escuchamos al unísono el numeroso mar. Eso ocurrió conmigo aquella noche, en aquel lugar. Una gota mojó mi rostro e hizo el milagro de que aquellas pequeñas percepciones inconscientes se volvieran las más distinguidas. Escuché ahora el mar, el mar inmenso, el mar ilimitado, el mar dentro de mí.

Casi con candor, casi con vergüenza, me atreví a preguntarle en voz baja por Dugarte. Una brisa fría y húmeda fue toda su respuesta.

Caracas, Enero de 2011

Como dos gotas de agua

Que fuera él quien estuviera a cargo de la investigación, demostraba cuánto había cambiado el país. Un mellizo quechua había muerto ahogado en el lago Titicaca y, ante las sospechas de un asesinato, o de algo más profundo que un asesinato, lo nombraron encargado de resolver el caso. Algunos años atrás, esto ni siquiera hubiera sido noticia; pero ahora, revestía una importancia crucial, reivindicativa. Él, por su parte, era notable solo por su tiempo en el cuerpo de investigaciones, por su pausado accionar y por el hecho (ahora, aún más notable por contradictorio) de que tenía por defecto no hablar quechua ni aimara. ¿Por qué él, entonces? Aunque nadie es capaz de adentrarse en la razones superiores, supuso que era una suerte de recompensa por su avanzada edad (la posibilidad de pasear, cambiar de ambiente y ver un paisaje fuera de lo común), por la lealtad que siempre había demostrado hacia sus superiores, por sus estudios (que muchos denominaban, a manera de burla, esotéricos), por su pensamiento radical sobre la condición de los pueblos originarios, por su inquebrantable obsesión por la verdad en situaciones delictivas y porque acaso era el único capaz de desenredar una madeja humana tan delicada. Le dijeron que en el lugar le designarían un intérprete, para casos de necesidad. No tuvo objeciones a tal decisión: en ese momento estaba más pendiente de un agudo dolor en el riñón izquierdo, que de las cualidades de un intérprete. Le habían diagnosticado formaciones calcáreas y aunque el remedio era al parecer sencillo: desintegrar los cálculos mediante el uso de ultrasonidos, recordó su prótesis en una pierna y temió por lo que le pudiera ocasionar tales ondas. Le advertiría al médico del asunto, apenas regresara.

Viajó desde La Paz, por una vía sin baches y expedita. Iba cargado con todos sus "peroles": libros, varios libros, un iPod shuffle, primera generación, para escuchar su música (las Cantatas de Bach lo tenían fascinado y confundido, eran un caso perfecto de lo indiscernible en aquel iPod), pastillas para todos los males imaginable, además de las cosas que lleva siempre consigo cualquier viajero. Se podría decir que estaba repleto. Le gustaba el paisaje combinado con Bach, le parecía un prodigio escuchar esa música en este sitio tan remoto de todo, tan lejos de los lugares donde compuso el alemán. ¿Qué pensaría ese cristiano al escucharse en un iPod? ¿Qué hubiera pensado él, cinco o diez años atrás, si le hubieran mostrado entonces un iPod? Mejor no hablar de eso.

El caso involucraba a dos mentes (una, ya solamente una de aquellas dos mentes) prodigiosas, con una memoria fuera de lo común. (La suya, recordó, no era nada común tampoco.) Sabían perfectamente el español: lo hablaban, leían y escribían, y podían relatar de memoria fragmentos muy largos de lo leído; pero solo se comunicaban en quechua, de allí la necesidad del intérprete. Le agradó la posición de los mellizos hacia su lengua. El vehículo tomó una curva pronunciada y al final de ella apareció Titicaca, el lago de dos países, la formación acuática más alta del mundo. Titicaca, tan cerca del cielo que repite su silencio y sus posesiones; porque así como este tiene satélites artificiales, aquel tiene islas hechas por el hombre: una corroboración, se dijo, de que vivir es imitar y actuar según la imagen que hayamos construido de otros. Aquel sofisticado satélite que circunda la tierra puede en última instancia ser una imitación de estas islas artificiales, productos del habitante originario, que navegan por el gran

Titicaca; y ellas, a su vez, ser una imitación de otra imitación.

Vale la pena repetir. Tenía en sus manos el caso de la muerte de un hombre, mellizo idéntico de otro y con otra característica asombrosa, aparte de la memoria: a pesar de que las huellas dactilares no dependen del ADN sino del "ambiente", según dicen, las de estos mellizos eran idénticas, es decir, entre otras cosas, eran un problema para el principio de los indiscernibles, una posible refutación en los hechos de él, si no bastaba con la kantiana de las dos gotas de agua intuidas. Le fascinó esta oportunidad que le ofrecía la vida de dialogar desde muy lejos en el tiempo con dos filósofos que admiraba; pero a la vez le mortificaba no tener la menor idea de qué hacer en este caso, ya que el posible asesino del mellizo era su hermano. Tenía un testigo quechua al que le pareció haber visto cuando uno de los hermanos lanzaba al agua al otro. Aunque se refirió también al bamboleo de la lancha por el lago intranquilo. Iban en una embarcación por el Titicaca varios hombres quechua. Los mellizos estaban discutiendo. Uno le dijo al otro algo que tenía que ver con la integridad y la independencia (se escuchó la palabra Tahuantinsuyo) y el otro le respondió algo referido a la integración y el desarrollo, según le contó luego, ya en Titicaca, el intérprete. Supuso, en un momento de desconexión con la realidad, que se referían a Spinoza y a su principio de que cuanto más crece uno más lo hacen los demás, de suerte que, supongamos, mientras más te desarrollas más lo hace el Estado y viceversa. Entonces se planteó la posibilidad de que hubiera un desacuerdo entre los mellizos en cuanto al plan de crecimiento. Eso podría ser una causa para la fatalidad. Pero en otro momento de desconexión recordó al mejor de los mundos posibles de Leibniz y a la necesidad de mantener el equilibrio de éste: para que se produzca el crecimiento de alguien debe a la vez producirse el decrecimiento de otro alguien. Uno de los mellizos debía sacrificarse para que el otro prosperara. Esto también le daba un motivo teórico para la desavenencia. Regresó a la realidad. Fue al sitio donde tenían recluido al mellizo. Lo observó. Comía algo de maíz que él, por supuesto, no podía comer. Era bajo, joven, muy joven; pero entre los quechua la edad es un misterio. No tenía a primera vista nada especial que lo diferenciara de los demás. Si había algo de particular en él, aparte de los hechos ya mencionados, no lo revelaban su aspecto ni su conducta. Una presión molesta en el costado le recordó el riñón dañado; y otra, en el estómago, le avisó que debía comer. ¿Pero qué ingerir, para no burlar la dieta que un médico neonazi le había recomendado para su riñón? Estaba seguro de que ese médico probaba en él la capacidad de sobrevivir con la menor cantidad de alimentos posible. Y sin embargo, era su médico de cabecera y al que más confianza tenía. Masoquismo típico de todo aquel que se convierte en paciente.

Todo individuo llega a ser y permanecer separado y único, porque otros individuos llegan a ser y permanecer separados y únicos. ¿Qué hacer con ellos, los mellizos de este caso, que nunca pudieron llegar a ser ni a permanecer separados y únicos, al menos a permanecer únicos, porque eran una duplicación perfecta uno del otro, lo que llamaríamos un clon? Pensaban distinto, seguramente; de allí las desavenencias que ha aventurado... Una ráfaga de nostalgia le golpeó. Recordó historias fantásticas de autores primordiales; la sombra y sus prodigios en la literatura y en el cine; los sueños que crean espectros y multiplican representaciones. Vino a su memoria un poema del Siglo de Oro. La pena por ellos lo embargó. Supuso la vida imposible de dos seres que no logran ser diferenciados por los demás. ¿Eran un error y una humillación de la naturaleza, o eran un recuerdo de la igualdad? Eran un asunto ético y político.

Dijo al intérprete que preguntara al mellizo si le había quitado la vida a su hermano:

"Esta es la relación de cómo todo estaba en suspenso, todo en calma, en silencio; todo inmóvil, callado, y vacía la extensión del cielo.

"No había nada junto, que hiciera ruido, ni cosa alguna

que se moviera, ni se agitara, ni hiciera ruido en el cielo."

Eso dijo el intérprete que respondió el sospechoso. Le preguntó si estaba seguro. Afirmó que había traducido lo mejor posible; que eso fue lo que le dijo.

No le era del todo extraño el contenido de ese texto ni su procedencia. Le asombraron, eso sí, la exactitud del mismo y el nuevo contexto: no se trataba de una creación sino de una muerte. Hizo otra pregunta, vinculada con la relación del mellizo con su hermano. Esto tradujo el intérprete:

"Que la alegría de tus ojos
venga en el alba,
que el calor de tu aliento
venga en el viento."

Preguntó, ya un tanto molesto por lo que supuso un juego, si el indiciado quería u odiaba a su hermano, cómo eran sus días, sus noches, sus relaciones de identidad –aunque esas no fueron las palabras usadas; fueron otras, más directas y secas, menos elegantes, como corresponde a un interrogatorio:

"Señor nuestro: como hubimos llegado yo y los otros a la orilla del mar, vimos dentro en el mar unas casas grandísimas de madera todas, con grandes edificios dentro y fuera, las cuales andaban por la mar como las canoas que acá nosotros usamos para andar por el agua: dijéronnos que estas casas se llamaban navíos: son unos edificios admirables y muy grandes hechos para andar por el mar, que nadie de nosotros tendrá habilidad para contar en particular los diversos edificios que contienen estos navíos, o casas de agua."

Estaba definitivamente siendo parte de un juego, hasta anfictiónico, del intérprete, del sospechoso, o de ambos; y no tenía maneras de salir de él. Preguntó, ahora a los dos, si conocían el Popol Vuh, o algunas otras historias, algo de eso. Esta fue la respuesta del intérprete, luego de hablar un buen rato en quechua con el mellizo:

"Diez años antes de venir los españoles primeramente se mostró un funesto presagio en el cielo. Una espiga de fuego, una como llama de fuego, como una aurora: se mostraba como si estuviera goteando, como si estuviera punzando en el cielo.

"Ancha de asiento, angosta de vértice. Bien al medio del cielo, bien al centro del cielo llegaba, bien al cielo estaba alcanzando.

"Y de este modo se veía: allá en el oriente se mostraba: de este modo llegaba a la medianoche. Se manifestaba: estaba aún en el amanecer; hasta entonces la hacía desaparecer el sol.

"Y en el tiempo en que estaba apareciendo: por un año venía a mostrarse."

Les preguntó si se estaban burlando de él. Les dijo que conocía bastante bien a Sahagún y a los Presagios. Luego de pensar en silencio por un rato, les dijo que él era boliviano, como ellos, y que lamentaba no saber el idioma en que ellos hablaban, que lo perdonaran; pero que le dijeran algo que tuviera que ver con lo que estaba investigando:

Tahuantinsuyo, dijeron casi a dúo; y luego, a través del intérprete dijo el mellizo:

"Atagualpa Inga fue degollado y sentenciado, y le mandó cortar la cabeza don Francisco Pizarro y le notificó con una lengua, indio Felipe natural de Guancabilca; este dicho lengua le informó mal a don Francisco Pizarro, y los demás no les gustó la dicha sentencia, y no le dio a entender la justicia que pedía y merced Atagualpa Inga por tener enamorado de la coya, mujer legitima, y así fue causa que le matasen y le cortasen la cabeza a Atagualpa Inga y murió mártir cristianísimamente; en la ciudad de Cajamarca acabó su vida."

Dejó el interrogatorio hasta allí. Era obvio, a él le parecía, que las respuestas del indiciado o del intérprete correspondían a una mofa o venganza de los quechua en contra de ellos, de los no originarios; sí, a una venganza en su contra; porque para ellos, él era parte de los invasores, un extranjero asesino sin derecho a preguntar nada sobre un posible asesinato entre los quechua. Pudieron haberle dicho que entre ellos no existe el asesinato, que ninguno de su raza mata a un hermano. Pudieron hablarle de las Leyes Básicas del Tahuantinsuyo. Entonces él, aunque no del todo convencido, tendría algo que decir de la investigación. Pero con esas respuestas tan absurdas (o inteligentes), ¿qué podía concluir? Nada. Solo retomar su extrañamiento, retomar sus lecturas de extranjero en un suelo conquistado con crueldad por invasores analfabetas que no sólo desconocían el idioma sino también los valores elementales de cualquier cultura. Acá recordó la voz de otro, y se dijo: Sí, en efecto, los europeos repitieron en América lo que ellos son: un lugar fatigado de ruinas. Arruinaron América para sentirse en casa. Estuvo a punto de pedirles perdón, otra vez; pero de nuevo recordó que también él había nacido en ese suelo, por lo que la desgracia quechua era también en parte la suya. No pudo alejar de su mente, sin embargo, que por más que tratara de acercarse y fundirse, como los mellizos, él era, en última instancia, un europeo de segunda en el Tahuantinsuyo, así como existen, irremediablemente, africanos de segunda.

Se acercó al Titicaca, frío, misterioso, azulado; al Titicaca, plácido, como si tratara de mostrar la calma de un dios; y recordó (oh extranjero eterno que vive sumido en conceptos extraños) al ilustrado Diderot y a esa "secreta tendencia a no creer" de los que siguen a Spinoza, según manifiesta en su trabajo sobre éste, lleno de ironías y sobreentendidos. En la noche, ya en su alojamiento moderado, leyó: "De manera que Dios esencialmente, eternamente, necesariamente es una sustancia extensa y la extensión le es tan propia como la existencia; por lo que las diversidades particulares de la extensión, que son el sol, la tierra, los árboles, los cuerpos de los animales, los cuerpos de los hombres están en Dios..."

Y más abajo: "... está entonces [Spinoza] obligado a decir que la sustancia de Dios es la causa material, lo que compone al sol, *subjetum ex quo*, y en consecuencia que el sol no se distingue de Dios, es Dios mismo, Dios todo entero, ya que según él, Dios no es en absoluto un ser compuesto de partes".

Si pudiera decirles, tanto a Diderot como a Spinoza, que siglos antes de esos pensamientos el Sol era Dios, tanto en África como en el Tahuantinsuyo, no sabe qué dirían, pero supone que acaso se quedarían cuando menos pensativos.

Le gustaba el tema, le parecía importante hablar de la extrañeza perenne del no originario. Sabía que existían dos historias y que por más que hicieran para cruzarlas, nunca lo lograrían. Era imposible obtener mellizos de dos pensamientos tan disímiles y de dos intereses tan diferentes. Mantenía que la Guerra de Independencia no significó cambio alguno para los habitantes originarios y que, por el contrario, siguieron siendo igual de maltratados por los "demonios encarnados" como lo habían sido durante la Colonia. Por eso era absurdo suponer en ellos admiración hacia unos próceres que no les pertenecían. Esos próceres nuestros, no significaban nada nuevo ni diferente para ellos; eran casi lo mismo que los señores coloniales. La Colonia seguía –sigue—en la práctica. El experimento de su país, único, su razón de estar allí, no era aun más que eso: un experimento. Repitió a De las Casas: "En estas ovejas mansas y de las calidades susodichas, por su hacedor y criador así dotadas, entraron los españoles. Desde luego que las conocieron, como lobos y tigres y leones crudelísimos de muchos días hambrientos".

Aun necesitaba hablar con el único testigo. Y tenía un toque operístico para hacerlo. Primero quiso escuchar las Cantatas a ver si por azar llegaba a aquella en la que los instrumentos de viento logran un momento delicioso de comprensión y hasta de hermandad. No pudo hacerlo, jamás llegó a esa Cantata con su iPod shuffle y se dispuso, decepcionado, a conversar con el testigo, pero en presencia no sólo del intérprete sino también del mellizo. Lo harían en el lugar en donde estaba recluido éste. Ese era su toque operístico.

Dicen en el pueblo que la conversación demoró varias horas; que afuera mucha gente esperaba, convencida de que del resultado de ella dependía en mucho el de la investigación. Se hizo la tarde sobre el lago, el lago inmenso que parece extenderse sobre toda la tierra y recorrer todos sus recovecos. A quienes preguntaban por qué no habían sacado al ahogado del lecho del lago, respondía la mayoría que esa operación era imposible, tanto desde el punto de vista humano como religioso: nadie ni nada eran capaces de buscar un cadáver en el lecho de ese lago numeroso ni tampoco de robarle a ese Dios algo de lo que él se había apropiado. A quienes indagaban sobre la interrogación al otro mellizo, respondía la mayoría que había sido lúcida y lucida, con fragmentos de nuestros clásicos y oraciones al Inca. Aun a quienes se mostraban preocupados por el posible resultado de la investigación, la gente le solicitaba calma y le hacía ver que ese resultado estaba escrito desde hacía muchos años, acaso desde antes de que nacieran los mellizos; por ello, no dudaban en ningún momento de la rectitud del investigador; este no tenía más alternativa que concluir lo que iba a concluir, luego de interrogar al testigo y nuevamente, según suponen, al sospechoso. Y sin embargo, observó alguien no oriundo de Collasuyo, esa relación causal es aparente. Si condenan o absuelven al mellizo, ¿quién garantiza que no están cometiendo una injusticia?

Los tres hombres salieron sin decir una palabra. Parecía que habían hecho un voto de silencio para no enterar a nadie sobre lo conversado. El testigo se dirigió a su casa. Igual hizo el intérprete. El investigador recogió sus pertenencias y, aunque ya comenzaba la noche, se dispuso a regresar a La Paz. En el vehículo, sintió un leve escozor en la parte izquierda de su cuerpo, justo donde debe de estar el riñón, y pensó que en la mañana llamaría a su médico y redactaría el informe que debía presentar a las autoridades. El contenido de este no sería breve ni lacónico, de eso estaba seguro; y contendría solo lo que conocemos como la realidad. Siguió el largo camino, repitiendo lentamente, para no equivocarse, un escolio de la *Ética*: ex aedem naturae humanae proprietate, ex qua sequitur, homines esse misericordes, sequietiam, eosdem esse individos et ambitiosos.

Caracas, Febrero de 2011

Cartoons

Todo era terrible aquella mañana; lo que le iba a suceder, los maltratos sufridos que le hacían arder la carne y doler los huesos, y el mismo clima, que si no tan endemoniado como en enero, aun excesivamente fresco en las mañanas para la poca ropa que lleva puesta. Si tuviera con qué cubrirse mejor, aguardaría con tranquilidad o con menos angustia; pero su vestimenta tan escasa, sus pies desnudos, el aire que venía desde la bahía hasta el castillo, le hacían desear que lo peor llegara de una vez. Todo acontecimiento me espera –se dijo, con aire acaso de resignación. Pero no quería, por ningún motivo, que su mujer y sus hijos lo vieran después. Tampoco abrigaba la esperanza de que eso no ocurriera.

Sabía lo que pronto le iba a suceder, pero daría cualquier cosa por corroborar, porque ya cree conocer, lo que pensarán de él dentro de algunos siglos. Causa curiosidad observar cómo tomarán lo que hizo, cómo interpretarán su tarea de seis años, largos y meticulosos años de realizaciones, recortes, ensamblajes, esas cosas que han significado finalmente su condena. Recuerda cuando comenzó a hacerlas; era entonces una tarea un tanto solitaria y que tenía que ver más con ciertas ilusiones, con pasar el tiempo, con hacer algo que durara y que los demás, algún día, pudieran ver. ¿Sólo eso? ¿No estuvieron también acaso las reuniones secretas, las presentaciones del libro a ciertos grupos? Él había leído libros importantes y sabía que la posteridad es para quien hace algo exclusivo o valioso, que ser un negro libre en una isla llena de esclavos no valía en nada para su futuro. ¿Quién lo recordaría? ¿Quién hablaría de él, dentro de algunos años?... Nadie.

Entonces siguió recortando y pegando, haciendo cosas de las que luego, muchísimos años después de su muerte, alguien denominaría: "Un huracán de imágenes". Y más, diría de éste que "... se fue gestando en el modesto taller de un artesano negro, desde 1806 hasta finales de marzo de 1812". Todo eso será verdad, puede asegurarlo, como fue verdad cuanto dijo durante el juicio que hicieron en su contra: que las imágenes del Génesis, la Ilíada y la Odisea fueron sacadas de revistas, folletines, láminas; que igual cosa pasó con las que se ven de Egipto, Babilonia y Etiopía; que los mapas de fortalezas y haciendas de Cuba así como las "alegorías barrocas, dioses greco-romanos, soldados, cardenales y reyes africanos, retratos de los 'jacobins noirs' y de George Washington, el Preste Juan y los 'Caballeros de San Antonio' en Abisinia, el Faro de Alejandría y la Biblioteca del Papa en Roma", todas esas cosas que alguien enumerará en el futuro, son productos de sus lecturas, de su imaginación, de las necesidades y de los recortes.

Ya dictaminaron que su labor era una elaboración llevada por intereses sediciosos en contra de la Corona, abortados por delaciones de traidores o fieles, según se mire; y, aunque tiene sangre del batallón de milicias disciplinadas de morenos, adictos al Rey, él, si en verdad fue llevado por la sedición, no estará en desacuerdo, porque no hay nada más oprobioso que la esclavitud colonial: él ha leído, él sabe cosas que pasaron en otra isla donde ahora mandan los negros, la mayoría, y los blancos casi no existen. Él sabe que allá también se dividieron, como se han dividido en Etiopía tantas veces, y que unos están de acuerdo con la Monarquía y otros no. Él está en armonía con los monarcas, y por eso muchos llegarán a pensar que su único interés será reinar. Avizora –y lo ha dicho en los recortes— un futuro en donde los negros tengan la fortaleza que merecen y en donde los blancos, hoy reyes, sean lacayos. Sus lecturas le dicen que algo como eso ha de venir y que no es desquiciado imaginar el día en que su majestad, en su isla, sea de su color; porque son mayoría, o negros o mulatos. Y si alguien, finalmente, ve vínculos de lo que él hizo con algo que llamarán "Comics" o "Cartoons", no creo que podría decirle si está o no en lo cierto; pero si otro ve solamente un pasatiempo sin consecuencias trascendentales en su labor de tantos años, él debería informarle que está equivocado, al menos en algo: lo que hizo es trascendental; tanto, que quien no ve nada de trascendental en ello, ha gastado esfuerzos y tiempo estudiándolo. Él sabe muchas cosas, cosas de acá, cosas del futuro, cosas ocultas para los que no se han enfrentado a las fuerzas de la otra naturaleza. Y si uno sostiene que fue un líder padre de la resistencia, encarnación del agente revolucionario que lidera un conato de insurgencia, héroe de la clase negra, artesano, ciudadano ilustrado, afrocubano antiesclavista y antirracista, "ogboni yoruba", hijo de Changó, presidente del Cabildo Changó Teddun, activista político y líder espiritual, amigo de la sociedad secreta "abakuá", ese uno pudiera no estar del todo equivocado.

En fin, si lo hizo por juego, por sedición, por ansias de poder (algunos lo llamarían, jocosamente, "el rey"), sólo el futuro, que ya no será suyo, podrá dictaminarlo. Fuera del poco espacio de luz que ocupa su alma, una sombra enorme, que hace ver todo difuso, sobresale. Esa sombra contiene a todos los que no son él: y allí están los que le quieren y los que le odian, los que alabarán su labor y los que la rechazarán, inclusive los que no mostrarán ningún interés por cuanto hizo.

A ellos, al lado oscuro de su alma, ahora que va al cadalso, ahora que será ahorcado y descuartizado y sus partes puestas en lugares de La Habana ya seleccionados, (su cabeza será sembrada en un poste de dos metros, en la entrada de la calzada S. Luis Gonzaga), a ellos les quiere gritar --y grita:

"Mi nombre es José Antonio Aponte. Fui juzgado y sentenciado por lo que han llamado "La conspiración de Aponte" y por un "Libro de pinturas" que acaso nunca será visto por la posteridad. Hoy, 9 de abril de 1812, a las 8 de la mañana, me ahorcarán. De nada me arrepiento".

Caracas, Diciembre de 2010

La valse en
Bockenheimer Warte

Ciertas partes de una historia nunca tienen un por qué, o al menos uno que podamos identificar desde el comienzo, a la mitad de ella o incluso una vez concluida ésta. La que vamos a contar está plagada de tales hiatos, supongo.

Estaban encargados de una sección dedicada a la cultura en una empresa prestigiosa y hasta benevolente –lo que es demasiado. Y esto, el trabajo y la benevolencia, les permitía viajar muchas veces al año a países de varios continente: y hacerlo casi siempre juntos, para suerte de ellos. Esto les agradaba, por supuesto, entre otras cosas porque esos viajes les permitían departir a sus anchas y hasta realizar ciertas travesuras de las que en su momento hablaremos.

Cuando salían, iban como gente conocedora y eran tratados y respetados como eso, gente conocedora. Cuando regresaban, hacían trabajos especiales para la empresa. Y así, escribían, elogiaban a (o denigraban de) cierta museografía, en el Pompidou, por ejemplo; miraban con desdén un libro de producción reciente que presumía ser del 1200 o a lo sumo una imitación hecha varios años después del 1200 de un libro del 1200.

No era extraño que durante un viaje visitaran una librería y quitaran de su lugar, por pura diversión, tipo travesura, algún libro que colocaban en otro; o que, ahora con mayor cuidado, en un museo, movieran una obra pequeña, una escultura preferiblemente, del sitio que ocupaba y la sustituyeran por otra o dejaran vacío el espacio para apreciar la reacción de los guardianes. Se sonreían entonces, y salían del lugar con la mayor solemnidad posible, como suelen hacerlo quienes han cometido alguna fechoría ilustrada. Eran respetables, por sus conocimientos, por la frecuencia con que visitaban los museos y las librerías; y nadie de la vigilancia mostraría sospecha alguna hacia tales personalidades. En otras ocasiones, denunciaban las condiciones de vida en ciertos campamentos, solicitaban cambios en las políticas hacia determinadas regiones, estimulaban la necesidad de tener un conocimiento más cercano de algunos problemas. Muchas veces deploraron la ligereza de ciertos medios de comunicación, sabiendo de antemano que esa denuncia no sería recogida por tales medios y sí por otros que estaban enemistados con aquellos. Al final, quedaban sin saber si la noticia era difundida por su interés, veracidad o solo porque el otro medio, el rival, no lo hacía. E igual pasaba con el receptor que, desconcertado, no sabía si era o no una simple víctima de poderes, públicos o privados, que estaban más allá de su alcance o de su posibilidad de discernimiento.

Tuvieron suerte, otra vez. Les encomendaron cubrir la inauguración de la Feria de Frankfurt, dedicada ese año a la Argentina. Una respetada escritora llena de pelos amarillentos y estopeños habló de literatura; alabó algunas novelas y sugirió a los políticos dejar el tedio y tomar las iniciativas y los riesgos que toman los novelistas. Recordó, ¿o fue su acompañante?, a una filósofa que llamaba a los jueces a leer novelas de Dickens para ser más aptos en el momento de dictar sentencia. Les divertía pensar en esos mundos posibles, que de ninguna manera podrían ser de menor calidad que el actual, salvo que en éste estuvieran contempladas esas opciones… Aun el más insignificante de los laberintos, dicen los especialistas en el tema, debe producir inicialmente sensaciones de atracción y de caos. Recorrieron el laberinto de Borges en el pabellón argentino y no supieron decir si les parecía bien logrado. Aunque sentían que ese laberinto de libros, palabras y autores, sugería cierto desconcertante caos inicial. Pero había algo en la museografía, acaso por los materiales utilizados, que desmerecía del título.

Los otros pabellones eran un llamado a la humildad o a cierta grandilocuencia que recordaba excesos. Eran, bajo nuevas fachadas, otra muestra del poderío imperial, con súbditos y monarcas, segunda y primera clase. Fueron varias veces a la Feria. Nunca se sintieron emocionados.

En Frankfurt jamás escucharon el cantar de un pájaro (tal vez por la época del año) ni oyeron el llanto de un niño. A alguien le gustaba ese silencio "abrumador", según palabras de quien hacía de acompañante. Decía asimismo que era un pueblo muy triste. El metro era silencioso, las calles eran silenciosas, las habitaciones eran silenciosas: nunca pudieron captar un solo sonido proveniente del edificio y que se colara a las habitaciones que ocuparon; y como en todas partes se repetía lo mismo, el silencio "abrumador", nunca pudieron recordar del viaje más que unas cuantas palabras dichas por algunos alemanes. Jamás sonrieron en el metro, los alemanes. Pero lo hacen de placer cuando oyen música y son de una amabilidad sobria y confiable. El edificio en donde se alojaron queda en la Leipziger Straße, muy cerca de la estación del mismo nombre. La estación Bockenheimer Warte, donde hacían trasbordo para dirigirse a la Festhalle/Messe y a la Feria, exhibe vitrinas con objetos que dan la impresión de ser perfectamente insignificantes y que nadie mira nunca. Es una lástima, pensaron, que se pierda así un espacio tan privilegiado. Soñaron de inmediato con exposiciones, con recitales de poesía. Si tuviera aunque sea una pieza llamativa. Pero una imagen de Goethe, cuya casa austera está en Frankfurt, cubre una pared del sistema de rieles.

Después vino París y la exposición de Monet en el Grand Palaise. Es lúcido este pintor cuyos vínculos con tantas categorías y repeticiones lo hacen inagotable, como Rodin. Una niña hurtó mi cartera en el metro. Su acompañante, mayor que ella, entró delante de mí y me impidió avanzar. Allí intervino la niña, que actuó con una agilidad prodigiosa. Quien me acompañaba quiso correr tras los pillos, pero en los laberintos del metro de París no hay posibilidad de éxito alguno en contra de esos jóvenes franceses llenos de vigor. Otro día (o el mismo) fuimos testigos de un intento frustrado de hurto a un respetable francés por otra pareja de jóvenes franceses. Al sentirse descubiertos armaron un espectáculo magnífico que solo los extranjeros creímos. El muchacho se llevó a la joven tomada del pelo con intenciones de entregarla a las autoridades, dijo, mientras ella lloriqueaba y pedía disculpas y conmiseración.

Las aceras de París están llenas de motos inmensas y sus dueños, todos franceses, ya conducen por las aceras; y si están en un semáforo a la espera de que el transeúnte pase, le hacen rugir la máquina como para amedrentarlo. Pronto no respetarán la señal de ese semáforo, pronto conducirán en sentido contrario al tráfico, pronto se convertirán –si ya no lo han hecho– en una especie dentro de la especie o en una suerte de organización con normas secretas y proclives al desacato.

Cuando usábamos temprano el sistema subterráneo, muchos parisienses dormían aun en los asientos de los andenes.

En algunas partes los buhoneros franceses lanzan sus lienzos llenos de objetos al piso: venden cualquier cosa, tan innecesaria como las que ofrecen las grandes tiendas cerca de las cuales ellos exhiben sus mercancías... Quería comprar unos zapatos, justo el día que habíamos convenido para Rodin quería comprarlos: y lo hizo. Se veían muy cómodos y se los dieron en una bolsa inmensa, diez o doce veces más grande que el contenido.

Un amigo no común le había dicho que lo de los niños ladrones era en realidad un juego para molestar. Eso me indignó: y estuve de muy mal humor durante casi toda la visita a Las puertas del infierno, a Los burgueses y a la sala dedicada a las esculturas de Camille Claudel. La casa de Rodin es un llamado a la grandiosidad y el derroche, tan diferente de la de Goethe. No fue difícil captar las similitudes entre Rodin y Monet . Recordaba perfectamente las repeticiones incesantes del último y las no menos del primero. Mi acompañante cargaba su bolsa inmensa con la mayor naturalidad, mientras veíamos las esculturas de Claudel. Supongo que anhelaba el momento de estrenar sus zapatos... Y allí, acaso por vengar el hurto de mi cartera, por los motorizados, por la rabia; allí, pensando en Goethe y en Rodin, urdí la jugada, como se captan las soluciones matemáticas, y le dije Bockenheimer Warte, mientras lanzaba en su bolsa *La valse* de Claudel, esa escultura que representa a una pareja de bailarines: el hombre, esculpido desnudo y perfecto; la mujer, abrazada por el hombre en situación de baile, el torso delicado y desnudo, y algo que imaginamos como una vestimenta y que sólo muestra vestigios de figura humana de la cintura hacia abajo. Mi acompañante casi cae al suelo por el peso inesperado de la escultura; me vio con sorpresa a los ojos pero repitió Bockenheimer Warte, lo que significaba que había atrapado la jugada.

Aquella vez, luego de la gran jugada, supimos, por esas cosas que se saben sin tener ninguna explicación ni causa aparente, que había llegado el momento de separarnos y de que cada quien siguiera su camino. Fuimos a Frankfurt y completamos nuestro cometido. Dejamos *La valse* en un lugar algo escondido de Bockenheimer Warte. Luego, sin mayores preámbulos, nos separamos. Supe que renunció al trabajo. Un gesto a mi parecer innecesario.

Por otra parte, en ningún momento la prensa se hizo eco de la desaparición de la escultura y por lo que pude saber, *La valse* nunca dejó de ser mostrada en el Museo Rodin. La última vez que la vi, observé los pliegues y repliegues de la vestimenta de la bailarina; la materia como potencia desplegada y replegada. Pero también observé una falla, en esa organización de la materia, miré algo en uno de los pliegues, un detalle insignificante si se quiere, que no recordaba en la escultura. Era una copia, una segundo valse, casi perfecto. Volé a Frankfurt y fui a la estación Bockenheimer Warte, para corroborar mi observación. La escultura de Claudel no estaba. Pregunté por algo que alguna vez miré allí, y señalé el punto en donde habíamos dejado *La valse*. Nunca estuvo nada allí, fue la respuesta de las autoridades alemanas…

No sé qué habrá pasado ni me toca investigarlo, pero la escultura de la Sala Claudel en el Museo Rodin, podría jurarlo, no es la obra original sino algo que dice ser lo que no es.

Caracas, Octubre de 2010.

Una estola en Biblos

Hay cosas que quedan clavadas en alguna parte y luego nadie puede sacar. Así le ocurrió cuando era niño con una palabra: se le incrustó tanto que fue el motivo central de toda su existencia. Si hubiera sabido entonces hasta dónde iba a llegar por ella... Pero, ¿quién sabe lo que vendrá? Contigo será sepultado tu recuerdo y pronto se secarán las lágrimas de quienes te acompañaron en tus exequias, según aquello del retórico Apolonio: "Más rápido que cualquier otra cosa se seca la lágrima".

Aprendió después, mucho tiempo después de escuchar la expresión mágica de boca de su padre, quien seguramente la obtuvo de algún libro, que la palabra biblia deriva de allí, convertida en la voz inglesa bible. Esta a su vez es una adaptación del nombre que dieron los griegos a un conglomerado Mediterráneo desde el que se exportaba al Egeo el papiro egipcio, por lo que esta palabra transmutó en una suerte de sinónimo de aquél. Biblos (o Byblos) es el nombre de esa ciudad asiática cuya existencia se remonta al neolítico y que los egipcios antiguos conocieron con el nombre de Kubna, los asirios de habla acadiana con el de Gubla y los cruzados (¡esas víctimas que conquistaron la ciudad en el 1103!) con el de Gibelet. Biblos es la palabra que lo cautivó de niño; y a esa palabra -y a esa ciudad- dedicó la mayor parte de su tiempo

-aunque nunca como entrega sistemática, como oficio, como profesión, sino como designio y marca. Fue Martha, estudiosa de civilizaciones, quien con envidiable facilidad lo puso al tanto de todo cuanto sabe sobre Biblos.

La llegada a Beirut por el aeropuerto es una de las experiencias más hermosas que pueda tener un pasajero. Acercarse a algo parecido a una península, iluminado y lanzado al mar es también un presagio -dijo.

Su primer viaje a Beirut; y con él, Martha, la compañera, con aquella hermosa estola verde; Martha, cómplice y víctima de su destino, la que tanto gustaba jugarse con él, hasta muchas veces ponerlo nervioso, por no decir molesto. Ella se sintió indispuesta durante todo el viaje, mareos, escalofrío, esas cosas. Estaban finalmente en Beirut, la ciudad dos veces destrozada: por el bombardeo celoso e indiscriminado del ejército israelí, por la guerra civil entre cristianos y musulmanes. Aún quedaba alguna huella física de esos hechos, pero la mayor parte había sido borrada. Pensó que en su país, esas huellas durarían siglos; y casi con asombro cayó en cuenta de que las del terremoto de 1812, por no hablar de las de aquel de los años '60 del pasado siglo, habían desaparecido. El tiempo actúa con pereza pero, como el mar, también con sistema. En su país hubo poblaciones, las originarias, que bruscamente al comienzo y luego lentamente cedieron espacios a otras que aun buscan su acomodo y razón de ser. ¿Alguna vez lo conseguirán?

Pero el tema no es su país; es Biblos, ciudad de muchas razas, distante una hora de Beirut por una autopista que bordea el mar Mediterráneo. Va solo, lamentablemente, y el conductor lo lleva sin prisa. Martha no se recupera aun del viaje y prefiere descansar en el hotel. A la derecha de esa autopista e internándose hacia la tierra, está la enorme Siria; y al Sur de la estrecha franja que es el Líbano, Israel. En el último día los justos, los que han observado siempre las prescripciones de la Torá, se reunirán en un banquete con las carnes de Leviatán y Behemot. Más, ¿quiénes serán entonces los justos, los que habrán observado esas prescripciones y en consecuencia, brindarán con el Mesías?

Biblos, ciudad de la palabra sagrada, donde las culturas conversan y aniquilan, ciudad que él desde niño y sin saber por qué siempre ha buscado, con un afán a veces enfermizo, consiste hoy en excavaciones que muestran restos de obras pertenecientes a períodos que llegan hasta el medioevo. Ese artificio asiático fue una historia de conquistas, de ruinas sobrepuestas, que sirvió como centro de comercio y como difusor del alfabeto fenicio. Se detuvo bajo un arco milenario, vio especies de columnas y un Obelisco de épocas tan remotas que estaban cercadas para resguardarlas de los visitantes, vio el Mediterráneo, una bajada empedrada y bordeada de flores, un monumento romano, otro griego; vio unas vasijas fenicias, una necrópolis. Lamentó que Martha no presenciara esto y tomó fotos para enseñárselas y contarle. La cámara le colgaba de un cordón sujeto al cuello y a ratos, según se moviera, le golpeaba en el cuerpo. Eran golpes suaves aunque molestos. Transcurrió el tiempo recorriendo Biblos hasta que pasó la mañana. Había dejado para la tarde lo más completo que se conservaba del lugar, el castillo de los cruzados. En 1189 fue tomado por una horda musulmana -recordó.

Luego del almorzar en un sitio cercano y luchar por zafarse de vendedores de piezas del lugar "absolutamente legítimas", como monedas de todos los conquistadores y de todas las fechas, se dispuso a volver al mutilado Biblos; y esta vez fue directamente al castillo o fortaleza cruzada, como había dispuesto; estaba construido con columnas romanas y griegas en la base y emitía el sonido del viento, aparte de que daba la sensación de ser un claustro de varios niveles, tal vez por lo bajo de los techos. Luego de pasear por sus galerías e imaginar la vida cotidiana de sus gentes; de revivir las risas y los chismes típicos de un lugar pequeño y encerrado, y de ver a sus hombres preparar las armas para lo que parecía ser la defensa de un ataque inminente, se asomó a una rendija protectora de flechas enemigas. Desde ella se divisa el mar y ella misma está en una parte abovedada que forma una estancia de unos tres metros. Le asalta entonces una imagen del castillo en una mañana fría y ventosa: por la rendija ve avanzar desde el Mediterráneo al ejército invasor que dentro de poco pondrá fin a la gloria del fuerte para suplantarla por otra. Es la fecha señalada, presiente. Y justo en ese momento, oye su risa, la risa de ella. Al voltear, ve a una figura de mujer (¿Martha, con la inconfundible estola de seda, color verde?), que se aleja hacia otro lado del castillo. Le grita asombrado y alegre por su presencia, pero ella le responde con otra risa y huye por el pequeño laberinto que es esa fortaleza.

El ambiente es asfixiante, tanto tiempo encerrados en aquella estancia a la espera del ejército invasor ha descompuesto todo y lo que respiran es olores a orina, sudor, mal aliento, restos de comida podrida, licores fermentados, excrementos, odio y temor. Días sin salir ni retirar la vista del mar donde las naves enemigas desembarcan más y más hombres armados y coléricos. Ellos no se rendirán; si tienen que morir defendiendo el castillo, uno a uno han de morir. Eso él lo sabe perfectamente y para ello está preparado. Lo invade el odio, más que ese ejército que se aproxima innumerable. Lo invade el recuerdo de la mujer que acaso ya otra vez no verá y que seguramente será tomada como esclava por sus enemigos. Quiere despreciarlos más que lo que ya lo hace, hacerles frente de una vez sin esperar hasta que el jefe dé la orden. Lo sofoca el encierro. Siente claustrofobia y náuseas. Sale al muro del castillo, les grita insultos a los de abajo en una lengua que no recuerda conocer, oye voces que en otra lengua desconocida le dicen cosas desde abajo, pero está dispuesto a todo y nada lo ha de detener, lanza un objeto que recoge del piso de la muralla y cree recibir el golpe molesto de otro, trastrabillea y cae al vacío...

—¿Oiga usted, cómo está, qué le pasó? -oye una voz lejana que le pregunta.

—Le dije que tuviera cuidado, que podía caer, pero estaba como frenético gritando cosas muy extrañas –oye otra voz, dirigida tal vez a quien hizo las preguntas.

—Hasta me lanzó un pedazo de piedra -dice alguien, pero ya no para él definitivamente sino para otros que se acercan y hacen un círculo alrededor del hombre.

Sabe que va a morir y hasta supone que es mejor así, supone que esto de la muerte acaso lo salve de algo peor; porque no tiene palabras para decirle a Martha que la vio acá en Biblos, precisamente en el castillo medieval, con su estola tan bella (ella le hacía una de sus típicas jugadas) y que lamenta tanto haber fracasado ante el ejército invasor y haberla dejado sola y a merced de tantos gentiles desalmados, sola y en manos del sultán Saladin o Saladino, señor de Egipto y Asiria, próximo señor de Jerusalén, rubor del asesino de musulmanes Ricardo I.

Caracas, Marzo de 2011- Agosto de 2013

Papers

Iba a decirle a Martha que sus antepasados llevaban a ciertos indios agarrados unos a otros por una cuerda cuando se internaban en las montañas, por si escaseaba la comida; pero me pareció poco elegante y hasta brutal comenzar una relación de esa manera con una mujer de España, aun cuando ella (se notaba) obsequiaba en su porte una zona que no era la española. Nos acabábamos de conocer en el malecón de Beirut, frente a la piedra horadada en túnel submarino por las olas del mar. Una amiga común, también en parte árabe, como resultó ser finalmente Martha, nos presentó y, con algún propósito oculto o por un designio desconocido, en lugar de participar en una charla con nosotros optó por escabullirse y dejarnos a solas. Yo venía de lo que solemos llamar una decepción intelectual. Un libro minúsculo que había escrito en defensa de las tesis de cierto científico argentino, había caído en el vacío ilimitado de la ignorancia o de los intereses contrapuestos, dando por resultado un silencio absoluto acerca de él. Ella, que venía desengañada del amor de alguien (esto lo sabría por nuestra amiga) resultó ser estudiante de ciencias en su país. Le conté lo del libro fracasado, sin darle mayor importancia, aunque la rabia me comía por dentro; y ella, para mi desesperación, me habló de un Paper sobre la posibilidad de una ciencia distinta en el que estaba trabajando. El científico que le servía de respaldo, era también argentino. Le mencioné el nombre (Varsavsky) de aquel que, de alguna manera, era culpable de mi derrota como autor y me dijo que era el mismo de su escrito. Le pregunté, con cierto temor, porque ya me interesaba, si había leído la opinión de éste sobre los Papers y, o porque no la conocía o porque no deseaba ahondar en ella, me respondió evasivamente y se despidió. Debía seguir trabajando en el Paper. Me prometió que nos veríamos otra vez, en ese mismo sitio, al día siguiente. Cuando indagué por la hora obtuve un gesto que podía significar a la misma de hoy o cualquier otra cosa.

Mi opúsculo contenía una explicación quizás borrosa de los textos del profesor Varsavsky y una sugerencia para aplicar sus tesis en los países árabes; de allí mi estancia en Beirut con la intención de promoverlo. Mi editor no contaba con la severidad con que estos países observan cualquier cambio ni con la condescendencia de muchos de ellos a las líneas de investigación del Norte, aun cuando les sean dañinas. Una investigación adaptada a los requerimientos de cada país –decía Varsavsky–; es decir, una investigación no reaccionaria pura (fósil, en sus palabras) ni totalitaria (stalinista estereotipada) ni reformista desarrollista sino rebelde o revolucionaria, no puede ser políticamente neutral; debe estudiar "con toda seriedad y usando todas las armas de la ciencia, los problemas de cambio del sistema social, en todas las etapas y en todos sus aspectos, teóricos y prácticos. Esto es hacer 'ciencia politizada'". Mas, proponer que la investigación se oriente por motivos ideológicos "huele peligrosamente a totalitarismo"--advierte el profesor. Pero en realidad, los grandes consorcios que manejan en el Norte (y en el resto del mundo) la investigación, lo hacen de manera totalitaria pues imponen para ésta los valores del mercado, como la creación de cosas absolutamente prescindibles convertidas en vitales mediante la propaganda. Y como el gran consorcio, sigue el profesor en mis recuerdos, que se ha despersonalizado, racionalizado y desprejuiciado de nacionalismos al extremo, necesita expandirse a como dé lugar e implantar fábricas en todas partes del mundo para crear allí consumidores como los de las metrópolis, implanta la fábrica y pone en cargos de importancia a 'nativos', que salen menos onerosos, siempre que sean más fieles a la empresa que al país.

Sostiene el profesor (y copio sus palabras de mi libro): "Un nuevo sistema social formado en oposición a éste, tendrá concebiblemente menos interés por el psicoanálisis, la topología algebraica y la electrodinámica cuántica que por las teorías de la educación, del equilibrio ecológico general del planeta, de la imaginación creadora o de la ética. Esto produce una reasignación de recursos, y por lo tanto un tipo distinto de ciencia".

En cuanto a los Papers, Varsavsky aduce que éstos han suplantado la investigación profunda en favor de la extensa. Existen cursos de Papers y la mayoría los toma. La idea es hacer un Paper formalmente perfecto que permita escalar posiciones, sin importar en nada si el contenido del mismo es útil para el país donde vive el autor, si sirve en algo a una necesidad determinada que podría ser urgente. El asunto, en ciencia, se ha convertido en una carrera de Papers, Referee y revistas especializadas. Si haces un Paper que agrade a un Referee, éste lo recomienda a una revista especializada: y ya comenzaste tu carrera como científico. Más pronto que tarde te convertirás en Referee y tendrás a tus pies a cientos de hacedores de Papers en espera de ser los elegidos; aquel que lo sea, saldrá en la revista especializada y a la larga será un Referee. Toda una cadena de Papers mayormente inútiles que se repite a perpetuidad, como el mar de Valéry.

La reunión era a la misma hora. Martha fue puntual. Me contó que su madre era libanesa y su padre español, que nunca antes había venido al Líbano (le incomodan mucho los viajes en avión) y que muy pronto debía volver a su país. Le hice notar que su libanés agregado repoblaba la hermosura de la parte española, cual si le hubieran inoculado la exquisita pureza de lo árabe. Fue una frase demasiado estudiada pero surtió efecto porque Martha se sonrojó. Además, los tímidos sólo podemos hablar con frases muy estudiadas y por ello mismo artificiales.

Dicen que cuando hay mucho interés (y yo lo tenía) todo, hasta el murmullo más engorroso se entiende; pero confieso que en muchas ocasiones me perdí en las palabras de ella y en otras tantas supuse que me hablaba en árabe cuando en realidad lo hacía en el casi incomprensible español de los nacidos en España. Pero a la larga nos entendimos, por supuesto que lo logramos.

Para resumir, nos quedamos largo tiempo observando el Mediterráneo, yo la invité a tomar algo en los cafés aledaños al mar y en el momento menos pensado ya estábamos tomados de la mano, por lo que comencé a considerar que el viaje no había sido una pérdida y no me molestó olvidar al profesor Varsavsky, a los Papers ni a mi desdichado libro. Para resumir, fuimos a su habitación del hotel y al menos en dos oportunidades el animal de afuera temió la muerte a costa del de adentro, causando otros tantos embrollos en el mejor de los mundos posibles.

Seguimos viéndonos y juramos volver a hacerlo la siguiente primavera en Beirut, para lo cual acordamos el día exacto de mi regreso al Líbano, vía Barajas. Allí nos encontraríamos para continuar el vuelo, con el sueño ya de conocer Biblos apenas llegáramos.

Yo no creí demasiado en este juramento, pero igual debía pasar por Barajas para regresar al Líbano en la primavera, porque mi editor seguía empecinado con su idea de vender mi libro en los países árabes, traducción de por medio.

Al despedirse en el aeropuerto-istmo de Beirut, ella me recordó que aun trabajaba en su Paper y que le era imprescindible finalizarlo para dárselo en la próxima clase al profesor. Yo recordé los comentarios que le había hecho sobre los Papers, pero no dije nada.

Tampoco le dije que todo esto, lo de los Papers y las angustias y todo los demás, tal vez había germinado siglos atrás cuando a un francés metódico se le ocurrió la idea de poner el espíritu en la mente; y el alma, convertida en razón, en una de sus hipotéticas glándulas. Claro y distinto.

Caracas, Marzo de 2011

Tipasa

Sin que mediaran explicaciones le dijeron que lo enviarían comisionado con una representación del país a una reunión en Argel. De Argelia sabía bastante más de lo habitual, porque luego de ver *La batalla de Argel* (aun le estremecía la muerte en la Casbah de los líderes de la independencia del país, bombardeados por los franceses; aun escuchaba el sonido hecho por las mujeres con la lengua y la garganta (lo llaman zagreet, según el Durrel de *El cuarteto de Alejandría*) como signo de protesta), había estudiado la historia de ese país y le emocionaba sinceramente esta oportunidad de ver el mar Mediterráneo. Recordó, por supuesto, un cuento de Cortázar que en realidad tal vez ocurre en el Egeo y una canción de Serrat. Recordó que alguna vez ese pueblo ahora musulmán fue colonia fenicia y luego romana. Le habló a su compañera sobre su misión y le explicó que él era apenas uno en una lista que contemplaba personas de mayor rango y responsabilidad: en total, conmigo serán tres y yo seguramente tendré la tarea de tomar las notas y asistir a las reuniones. Era algo, le dijo, vinculado con una biblioteca que querían hacer entre países de América Latina y países Árabes. Le dio el nombre en siglas del proyecto, el día de su partida y le prometió que estaría en contacto con ella desde Argel. Ella hizo un pase rápido por cosas que pudieran haber en aquel país y que le interesarían, pero no pudo dar con nada. Le sorprendió mucho saber que ese país estaba en África. Era demasiado lejano; demasiado desconocido para ella.

Las reuniones no fueron distintas de otras, y hasta teníamos un enjambre de idiomas, con el árabe (o los variados árabes) de por medio, con el francés como lengua preferida por los árabes (hay un amor casi patológico del árabe argelino por lo francés; por ejemplo, sus carros, todos franceses, son reparados en Marsella, al otro lado del Mediterráneo y apenas tienen una oportunidad vuelan a París, la capital colonial, y tratan de instalarse allí y escribir en francés y merecer el reconocimiento de los franceses), con el inglés como lengua normalizadora, en el momento de una confusión. Los árabes parecían pelear entre sí cada vez que hablaban en su idioma; pero luego entendí que era una manera de hablar. Los latinos parecíamos unos invitados un tanto extraños, pero tratados con mucho decoro; y luego nos dimos cuenta de que en efecto éramos unos extraños tratados con decoro. A cada propuesta latina, que era por supuesto dispar y hasta contradictoria a veces, correspondía una árabe, hecha por alguien que a la larga pudimos constatar que era el líder del grupo. Y lo que en principio iba a ser algo muy sencillo y hermoso: porque se trataba de traducir al árabe, de manera excelente, obras fundamentales escritas en Latinoamérica; así como de traducir al español, en iguales condiciones, obras fundamentales escritas en los países árabes; lo que en principio iba a ser algo de una o dos reuniones a lo sumo, se tradujo en miles de reuniones que a la larga trataron de cualquier cosa menos del tema central. Argelia pidió ser sede de la Biblioteca; Marruecos, de una escuela de traducciones; Brasil, de una filial de la Biblioteca en su país y en cualquier país latinoamericano que así lo decidiera; Siria, de la próxima reunión, aun cuando había el acuerdo previo de que las sedes corresponderían alternativamente a un país latinoamericano y a un país árabe; Líbano, sede posible, en caso de que los conflictos de Siria con Israel impidieran la reunión allá, etcétera. Entonces intervino el jefe de la delegación de mi país. No podía guardar silencio (nunca hemos sabido callar ni disfrutar del valor del silencio), y anunció la donación de dos colecciones de la biblioteca más importante de cultura latinoamericana. Todos aplaudieron, sin entender mucho de qué se trataba. Todos celebraron el gesto trascendental: una biblioteca sería para el país anfitrión; otra, para la naciente biblioteca árabe-latinoamericana... Conocía de sobras el futuro de aquel gesto. Las cajas con los libros pasarían años en la Cancillería, a la espera de ser enviadas por valija diplomática; luego, años en nuestra embajada en Argel; hasta que finalmente un embajador, ya olvidada aquella iniciativa, su razón de ser, su trascendencia, y reducido a migajas todo, la reunión misma y el gesto inoportuno, la regalara en algún acto patriótico a cualquier institución que estuviera dispuesta a recibirla.

Luego de tantos gestos y palabras, de tantas horas perdidas, hasta los traductores, cansados de tanto cambio y casi a mitad de la noche, desocuparon las cabinas de traducción y se marcharon. Allí hablamos en francés, árabe, español e inglés y decidimos suspender la reunión para el día próximo o mejor darnos un descanso de consulta y seguir dos días después. Argelia aseguró la concurrencia de los traductores para esa próxima reunión.

Ni siquiera había podido hablar con su mujer; y cuando al fin iba a hacerlo, el jefe de la delegación le llamó para invitarlo "a un merecido paseo por Argelia". Irían a Tipasa, una ciudad romana del siglo II, o III, no sabía muy bien "pero muy bien conservada", le dijeron. A 52 kilómetros de Argel está Tipasa. El viaje en automóvil bordea el Mediterráneo. Me quedé mirando durante casi todo el trayecto ese mar lleno de mis historias juveniles. Me parecía como un sueño que por él hubieran navegado fenicios, griegos, romanos, bizantinos, así como tantas religiones y creencias. En nuestro Mediterráneo, el mar Caribe, también hubo conquistas, sectas, lenguas, incomunicación, esclavitud y desenfreno. Soñé (o pensé) que la historia ama las repeticiones y que en eso se parece mucho a los pobladores y a las formaciones de la tierra. Este mar, maravilloso, amado, no es tan distinto de nuestro Caribe como pudiera alguien imaginar. Mucho de él está allá y mucho del Caribe lo repite él. El aroma, el aroma marino, el delicioso aroma marino se colaba dentro del vehículo y nos transportaba. ¿Qué pasará con nuestra misión? ¿Fundaremos alguna vez esa biblioteca árabe-latinoamericana que nos ha reunido y hecho perder horas en asuntos secundarios? Así es en todas las reuniones; recuerda las interminables de su país, y casi bosteza. Las reuniones deben ser hechas por Internet, ni siquiera mediante video-conferencias. Mensajes y ya. Es necesario dejar tiempo al ser humano para que piense, lea, juegue, tire. Un gobierno exacto, reduciría al mínimo toda reunión y le pondría a las imprescindibles un tiempo de duración de una o dos horas como máximo. Llevaba varios días con aquella gente de vestimenta holgada, sandalias, celulares y costumbres musulmanas, agradable, cariñosa, pero absolutamente intransigente en el momento de llegar a un acuerdo. Pensó que al regreso del paseo, hablaría con los jefes de su delegación. Tenía que reunirse Latinoamérica para plantear juntos los puntos necesarios. Deberían apremiar a los árabes para que se centraran en lo importante. Deberían darle tiempo para llamar a su mujer. Y para visitar la Casbah, donde le han dicho que el extranjero no es bien visto. Eran dos cuestiones que no quería dejar de hacer.

Dos sensaciones le impresionaron de Tipasa, apenas entró: el tamaño y el olor a eucalipto. La primera, le permitiría, en algún momento, aislarse del grupo y pasear solo la ciudad romana. La segunda, lo llevaría a una etapa de su niñez y al olor de ciertas colonias usadas por los viejos. ¡Hacía tanto de aquello! Era su viaje particular al pasado. Tipasa parecía un lugar alejado del transcurrir del tiempo, a pesar de las ruinas; podrían estarla haciendo en estos momentos o haberla dejado inconclusa para proseguirla luego. Claro, estaban los baños derruidos, la enorme vasija para el vino fragmentada, el anfiteatro lleno de vegetación menuda; pero las columnas que llevaban al mar, las columnas a ambos lados de una calle empedrada, le daban la impresión, a pesar de estar fracturadas e incompletas –o acaso por ello—de ser construcciones a la espera de que alguien las finalizara para edificar luego las casas y el hogar. Tomó la calle empedrada; quería acercarse al fin al mediterráneo, y en esos momentos pareció que en efecto el tiempo desvanecía, el tiempo de ahora, y que el olor del eucalipto se hacía más penetrante. Imaginó el pasado de aquella ciudad romana; pensó en las embarcaciones que saldrían y llegarían del puerto situado al final de las columnas. Unas voces extrañas, en un lenguaje que no le era conocido, pero que inspiraba un don de mando, llegaron a sus oídos. Alguien lo empujó con violencia y cuando quiso protestar le lanzó un latigazo. Era imperioso que se apurara y tomara su lugar en la galera romana. Debía bajar al fondo de ella y agarrar uno de los remos. Apenas pudo observar el rostro de bronce del espolón de proa con que embestirían al enemigo. Debía remar con otros esclavos de la chusma para el lugar de batalla donde indicara el gobernante de la embarcación. Debía tal vez cruzar el Mediterráneo y de nada valdría que dijera en su lengua extranjera que su mujer esperaba una llamada de su parte ni que necesitaba visitar la Casbah a su regreso, porque intuyó que no habría regreso y que aquel viaje era definitivo.

Caracas, Noviembre de 2010

Una visita al campamento

Nos informaron que la entrada iba a ser muy difícil; que debíamos enviar antes nuestros documentos y la razón de la visita para que los de adentro procedieran a estudiar la posibilidad de recibirnos. Martha tenía arreglado todo desde hacía días; estaba francamente emocionada (esa no es la palabra) con esta visita y pensaba que de ella saldría mucho de qué hablar. No era frecuente que Martha se mostrara así, porque ella tendía más al ensimismamiento que a la apertura. Pero esta vez, debí advertirlo a tiempo, algo que tal vez ni ella misma sabía lo que era rondaba su espíritu. Fuimos aceptados.

    Primero nos acercamos en un carro a una de las entradas, luego debimos esperar a que quien nos llevaba hablara con los de adentro, luego se acercaron hombres armados, amigables, que nos invitaron a pasar. ¿Para qué las armas, me pregunté, si la disparidad es enorme? Recordé una película que vimos Martha y yo, en la que una legión romana combate a un grupo anárquico y fuerte de defensores de sus tierras: el desequilibrio era tanto que el jefe romano preguntó a los suyos para qué combatía esa gente si sabía de antemano que estaba derrotada, si ni siquiera le causaría bajas notables a su ejército invasor. Eran armas, de todas maneras, amenazadoras y modernas; su sólo sonido metálico me infundía respeto y dejaba lucir una sonrisa nerviosa. Martha las observaba con demasiado interés, me pareció entonces; y ahora, por supuesto, me luce evidente.

Fuimos llevados por calles que más parecían senderos confusos a un sitio donde construían un hospital. El médico estaba entusiasmado, feliz, porque ahora podría tener once o doce camillas para casos de emergencias, en lugar de las tres con las que hasta ahora contaba. Recordé que el campamento alberga una población de ochenta mil personas aproximadamente. Once o doce camillas para emergencias es nada ante esa población; pero el médico estaba feliz... y tenía razón de estarlo. Contaría también con nuevos pabellones para operar, con más personal, con mayores posibilidades para ayudar a los enfermos. ¿Hay muchos enfermos, preguntó Martha? Bueno, tenemos disentería, problemas en la piel, a veces mala nutrición, intoxicaciones –respondió el médico. No habló de heridos ni de riñas: y eso nos pareció muy extraño, para ser un lugar con tanta gente. Tal vez al médico no le pareció adecuado comentar sobre esto a unos visitantes.

Una mujer nos habló en nuestro idioma desde el balcón de su casa, nos dijo cosas de nuestro país, mencionó una o dos calles, una plaza y una fábrica, unos helados que le gustaban mucho. Nos invitó a entrar y nos dio café. Había nacido en mi país. Martha se entusiasmó con la mujer, le hizo preguntas sobre en qué ciudad había vivido, le dijo que las cosas no son iguales en el país. La mujer le contestó que ellos no desconocen lo que pasa... Viven en una especie muy curiosa de polis encerrada: no pueden estar ni trabajar fuera de esa polis: quienes lo hacen se exponen a castigos severos, pero casi todos lo hacen; si no, ¿de qué vivirían? Además, son mano de obra barata para los de afuera, los de la ciudad. Carecen, por la parte oficial, de alcantarillado, de luz, de agua, acaso porque el país donde viven no puede dárselos, ya que al hacerlo les otorgaría una legitimidad tal vez excesiva que podría enfurecer a la gente de los helicópteros o porque de hacerlo favorecerían el crecimiento en número de los refugios de manera tal que se convertirían en una amenaza: son una población inexistente, aunque oficialmente se tiende a reconocer en voz baja que existe. Los hijos nacidos en esa polis, no tienen la nacionalidad de los que nacen en el país; tienen la de sus padres, sólo la de éstos. Los niños no pueden educarse en los planteles de la ciudad ni intimar con quienes no viven en su polis. Los adultos no deben amar a quienes no sean de la polis, a riesgo de que ese amor quede latente, como un sentimiento que nos obstinamos en cultivar, o de que en el mejor de los casos se desvanezca para siempre. De noche, algunos helicópteros de otro país sobrevuelan el campamento: a veces ametrallan, a veces únicamente sobrevuelan. Los hombres sacan sus armas y disparan al cielo. Es posible que den en el blanco: y entonces mueren calcinados cuatro o cinco soldados. Pero por lo general las balas buscan sin descanso ni éxito a los ubicuos helicópteros, que ya son un rumor lejano, una visión difusa plateada por la luna. Pero tienen agua y luz y también escuelas y canchas deportivas y espacios sagrados para sus oraciones. Nadie sabe de dónde obtienen el agua ni la luz: y ni siquiera puede decirse que sea escasa. Tienen sus policías y sus leyes, sus rivalidades, sus jóvenes que no creen ya en lo que hicieron los viejos y sus viejos que descreen de lo que hacen los jóvenes. Pero veneran al líder, ya muerto, que los unifica y a quien pude ver muchas veces por la televisión de mi país y supe honrar y acaso admirar. Son extraordinarios, me dijo Martha, cada vez más entusiasmada por lo que ocurría en el campamento.

Dicen que en la guerra de independencia de mi país, las madres abrazaban y besaban muchas veces a sus hijos y que luego los despedían: anda, hijo querido; y no vuelvas si pierdes. Dicen que las madres de los jóvenes suicidas, en el campamento, en la franja, besan y abrazan a sus hijos, y hasta es posible que viertan alguna lágrima; luego los encomiendan al dios y les piden que cumplan con su deber. Una madre me confesó que dos de sus hijos habían muerto cumpliendo con su deber, que eran héroes y que ella estaba orgullosa de ellos. Habían hecho estallar sus cuerpos repletos de explosivos en la tierra de la gente de los helicópteros. Murieron muchos, muertos anónimos de una batalla sin cuartel. Martha le dio un beso. Existir significa operar, o actuar sobre otras cosas –le oí decir, asombrado. Una madre de la tierra de los helicópteros, llora la muerte de su hija: una joven agradable, buena estudiante, hija única, fue alcanzada por una granada lanzada por quienes aún viven fuera de las polis, en franjas de tierra que todavía no son país alguno, al lado de la gente de los helicópteros. El padre de la joven dijo que era necesario acabar con todos. Todos deben morir, dijo. Y mientras más gana tu ser, más se debilita el ser del otro –volvió a intervenir Martha, ya transformada, ya poco reconocible. Ellos, los de los helicópteros, también tienen sus conflictos internos, sus querellas políticas y religiosas; y una vez uno de sus líderes, que podía lograr la paz, fue asesinado por un fanático. El asesino fue condenado a una pena impagable aun en varias vidas; pero al parecer pronto, debido a un tecnicismo legal, puede salir en libertad. Los habitantes de las franjas ven caer día a día sus escuelas y demás edificios derribados por las bombas de los aviones bombarderos; son ametrallados continuamente, inclusive por armas manejadas a control remoto desde la perfecta seguridad de un silo de hormigón. A veces, alguno escapa al fuego y lanza la granada y la madre llora la horrible muerte de su hija única despedazada. Dicen que una extranjera murió en la franja pisada por un tanque de la gente de los helicópteros. Protestaba por la destrucción de las escuelas y los edificios, no quiso apartarse y el tanque pasó sobre ella. Aquí Martha casi lloró, lo que para mí era algo increíble. Supongo, ahora supongo que debí intervenir en ese instante y frenar su ímpetu; supongo que con algunas palabras mías tal vez la situación habría cambiado, pero también yo estaba impactado con esa noticia. Los dos, aguijoneados por el egoísmo o por el racismo veíamos aquel dolor como uno de calidad más avanzada al que día a día vivía la gente del campamento. Martha bajaba la cabeza, se tapaba los ojos, pasaba una mano por su frente. ¿Y qué hicieron los de afuera? –preguntó. ¿Hubo alguna protesta, alguna sanción… algo? Los del campamento no supieron qué decir, seguramente no les parecía nada extraordinario lo que había pasado, nada fuera de lo común en una existencia que ni Martha ni yo podíamos comprender realmente. Recordé las palabras de Martha sobre las ganancias y pérdidas del ser. Hay pensamientos que admitimos como muy profundos y están basados, en realidad, en el arte de la guerra. Acá no mandaba el afecto por imaginar que alguien siente afecto. Acá no mandaba la felicidad de ver al otro feliz... Acá manda la destrucción del otro para grandeza del contrario.

Nos dieron comida, finalmente, en el campamento. No recuerdo qué era pero sabía deliciosa. Nos dieron refrescos. Tres mujeres, entre ellas la madre de los héroes, estaban sentadas en la misma mesa que nos tocó. Una, pidió permiso en su idioma y desapareció. A los pocos minutos regresó vestida con el traje típico de su región. Ella lo había hecho; era hermoso, colorido, abundante. Las otras dos mujeres hicieron lo mismo. Y entonces las tres, con sus trajes típicos, comenzaron a cantar y a bailar cantos de la región. Martha estaba enmudecida, parecía transportada, me parece que me daba miedo verla así. Pero, por otro lado, fue hermoso y triste ver a esas madres bailar y cantar hasta el cansancio, y reír con una risa que era casi un llanto.

El resto, lo que pasó después, lo conocen. Volvimos a la ciudad y a nuestro trabajo cotidiano. Martha no era la misma, de ninguna manera era la misma; y le obsesionaba la historia de la mujer y el tanque, que cada cierto tiempo me repetía. ¿Y ese imbécil no pudo simplemente girar, tenía que pasarle por encima, qué podía hacerle esa mujer desarmada? Dime, ¿qué podía hacerle? Yo me quedaba callado, aunque comprendía su angustia. Tampoco tenía mucho que decirle. Y me arrepiento de no haber tenido nada que decirle.

Conseguí la nota al lado de la cama. Se había marchado para la franja, no podía seguir en esa ciudad haciendo tonterías mientras en la franja pisaban a las mujeres con los tanques. Él la debía comprender. Él siempre había sido muy comprensivo con ella.

Caracas, Octubre de 2011

El alemán

Creció en una casa que se prolongaba por un pasillo en busca de sus entrañas y estaba separada del caño Manamo por una calle angosta. La casa lucía cada vez más oscura a medida de que uno se internaba en ella, hasta que en un sitio profundo era transformada en luz: y la luz era una planta eléctrica, el objeto más preciado de su niñez, aquello que de alguna manera lo distinguía y por lo cual él se ufanaba de estar en posesión de algo único e inalcanzable para otros. Así, cuando hacía mucho calor y fallaba la energía eléctrica, por ejemplo –cuestión que casi siempre ocurría—mandaban a encender la planta y accionaban los ventiladores. Entonces él sentía la seguridad de que nunca ventilador alguno había lanzado tanto aire –ni tan fresco—como aquel que lanzaban los suyos en las tardes soleadas del pueblo. Estaban aturdidos bajo los chirriantes techos de cinc, pero orgullosos acompañados por los sonidos de la máquina y de los ventiladores. También algunas noches encendían la planta. Las bombillas daban entonces una luz mortecina, una casi no luz, pero que él encontraba brillante, potente, y sin lugar a dudas muy superior a aquella que les permitía la planta del pueblo. Hoy conviene en que ambas luces debieron ser iguales de irrisorias, en que ninguna de las dos pudo ofrecerles una iluminación adecuada a los ojos ni apta para la lectura; pero en aquella época, cuando tal cosa ocurría, cuando la planta de la casa era encendida porque fallaba la del pueblo, él juraba que la luz que les llegaba era la más potente, y presto se iba a la puerta para observar la calle y las casas eclipsadas, el río plateado y negro enfrente, las sombras de los insectos adormecidos por la súbita ausencia de luz en el alumbrado público; y se asomaba en realidad para que lo vieran, para mostrarse ante quienes permanecían a oscuras cuando en su casa todo era luz. Se sentía feliz, entonces se sentía muy feliz e importante.

La planta entró en la casa cuando el niño tenía más de dos años. Supongo que ya entonces era una planta vieja, de segunda mano, porque lo que les estoy relatando ocurrió cuando él no sobrepasaba los siete. La compró su padre y la instaló El alemán, alguien que quizá se llamara Otto, porque ese sonido excava como gubia en la memoria, quien desde ese día en adelante sería su mecánico de cabecera. Recuerda a la perfección las noches en que la planta sucumbía y en que El alemán llegaba a la casa con su inmensa caja de herramientas a cuestas, murmurando algo, saludando huraño acá y allá con monosílabos, y se dirigía sin más, su cuerpo y su sombra internándose por el largo pasillo, al sitio donde estaba instalada la planta: un motor Diesel de dos emboladas y paradójicamente un haz de luz y un agujero negro para él. El alemán encendía su lámpara de mano, que iluminaba más que la luz de la planta, (ahora lo reconoce), observaba el motor, murmuraba algo, sacaba unas herramientas y… En pocos momentos aquella máquina obsequiaba su interior lleno de aceite, su oscuridad que daba luz, su mecanismo de compresión sin bujías y con bielas, ejes, excéntricas, que comunicaban movimiento a los órganos interiores, el émbolo, el pistón, las válvulas: piezas remotas, sonidos deliciosos, el alma (corazón) del motor... Y él se quedaba absorto pensando en cómo hacía El alemán con todo aquello, en cómo lograba dar con el desperfecto, modificar una variación inadecuada para regresar todo a la normalidad y hacer que el motor arrancara otra vez y les ofreciera su ronroneo seguido de luz amarilla para su beneplácito y tranquilidad.

El alemán tenía otra vida también; no demasiado activa pero otra. Algunas veces buscó sin éxito los amores. Entonces decía que algunas mujeres no tenían alma, no tenían corazón: y él no lograba discernir si El alemán estaba pensando en realidad en mujeres o si lo estaba haciendo en su lustrosa Diesel. En todo caso debió haber sabido --como yo supe después-- que sólo podemos fracasar y somos vulnerables cuando queremos algo. El padre sostenía que llevaba una vida correcta, y ya eso lo exoneraba de cualquier falta a la moral. Lo recuerda al atardecer: él acá en la puerta de la casa y El alemán allá, en el malecón, sentado en un banco de granito para tres personas y mirando el río o cualquier cosa, simplemente mirando. Él lo podía ver perfectamente desde su posición. Ya saben que la calle es angosta. Generalmente El alemán estaba solo, aunque a veces lo acompañaba el padre del muchacho. Recuerda sus espaldas amplias, su barba, su calvicie, su mirada perdida en el crepúsculo. Le impresionaba su silencio. Luego El alemán se despedía y tomaba el camino hacia su casa, en Cocalito, más allá del puente. Él lo veía alejarse, sus espaldas y su calvicie y su silencio nunca roto.

Otras veces lo encontraban en la plaza Bolívar. En esas ocasiones llevaba por lo general una bolsa con pan, un pantalón de caqui y una camisa del mismo tejido. Sus manos eran grandes, sus uñas gruesas eternamente llenas de grasa. No saludaba a mucha gente, no conversaba con casi nadie, parecía que estaba siempre malhumorado. Él lo admiraba y se complacía cuando El alemán posaba la vista en su rostro. Quería saludarlo entonces, tal vez lanzarse en sus brazos; pero lo respetaba y se quedaba rezagado mientras El alemán y el padre del muchacho intercambiaban algunas palabras.

¿Por qué una planta eléctrica en una casa particular? ¿Y por qué un Diesel, el motor tal vez menos adecuado para producir electricidad? Yo también me lo he preguntado, y para responder tendría que hablar del padre de ese muchacho, de sus excentricidades y espíritu ilustrado, de avanzada y perfeccionista. Algo, tal vez eso que llamé espíritu, lo inducía a poner en marcha empresas enormes, desproporcionadas, empresas que en esta historia no debo detallar si quiero ceñirme a lo que es la esencia. En una de esas empresas el Diesel llegó a la casa.

—Debemos tener luz siempre mujer, le dijo a la madre del niño. No podemos seguir dependiendo de una compañía del gobierno que no sirve para nada.

El padre militaba en una organización proscrita, él no sabía nada de eso; leía cosas de autores no habituales, de Lenin por ejemplo, leía *La madre*, *Así se templó el acero*, también leía poesía... la *Commedia* en una edición de finales del XIX. En las noches, ¿recuerdas?, cuando la planta estaba funcionando y una luz opaca se esparcía por la casa profunda, tu padre tomaba un libro en sus manos, se sentaba en una mecedora y leía: "Principios del comunismo", "Trabajo asalariado y capital", acaso un poema de Vallejo o de Whitman o de otro... ¿Recuerdas?...

Mi padre duerme. Su semblante augusto
figura un apacible corazón;
está ahora tan dulce...
si hay algo en él de amargo, seré yo.*

No. Definitivamente. Estoy seguro de que *Das Kapital* no reposaba en sus estantes.

Habló con El alemán y a las pocas semanas una nada reluciente Diesel entraba en casa: sus camisas, sus cámaras y recámaras haciendo venias e invitando a pasar adelante a los curiosos moradores de aquel hogar.

Lo que más llamaba tu atención de aquella máquina era lo que ella parecía esconder debajo de una cubierta sostenida por cuatro tornillos. La cubierta era una tapa metálica, muy pesada, que tenía la extraña virtud de permitir el acceso a aquello que estaba al parecer vedado a tu entendimiento --y que aumentaba tu curiosidad--, porque allí sólo lograbas distinguir una corrugada estructura de hierro que formaba parte del cuerpo del motor. Sin embargo, cada vez que El alemán era llamado, éste quitaba en primer término aquella cubierta, observaba detenidamente lo que estaba debajo de ella y emprendía de inmediato la reparación del increíble desperfecto, cuestión que era llevada a cabo en un lugar alejado, muy alejado de aquella misteriosa superficie ocultadora de la nada.

—Acá se esconde el alma de la máquina, sin lo que está acá este motor no vale nada, le respondió El alemán.

--¿Qué está debajo de la tapa, me puedes decir qué está debajo de esa tapa? –le había preguntado él, la otra noche, mientras El alemán quitaba los cuatro tornillos.

Por la respuesta que le dio El alemán llegó a la conclusión de que el alma de esa máquina era también, como las otras, algo misterioso, o un vacío, o una nada, o era algo en todo caso prohibido a su vista. Porque no otra cosa pensaba él del alma, cuando niño; esta se le suponía ser algo vinculado con la vida y la muerte, con el más allá; algo que tenía mucho que ver con los fantasmas y era en el fondo aterrador, un horizonte de sucesos cuando menos difícil hasta de imaginar, aunque nunca tanto como lo sería después, cuando el alma pasó a constituir en definitiva un insondable. Y también concluyó en que si El alemán podía quitar la tapa y descubrir el alma de la máquina, debería ser por lo tanto una suerte de descubridor de almas… ¿Quién puede ver el alma de una máquina, se preguntaba entonces, el alma de un hombre, de cualquier ser? ¿Quién puede penetrar en esa singularidad, como dirían ahora? ¿Cómo es, si acaso ella es…? ¿Sabes aunque sea un poco sobre tu alma, eres el alma o eres un curioso experto en almas?

La vida es irresponsable y se complace en salir de juerga, darse de baja, quedarse y dejar todo a un lado, cuando menos lo espera alguien. Él no esperaba que sucediera lo que pasó. Había salido de paseo esa tarde. Siempre salía de paseo esas tardes. Iba para la plaza Bolívar y luego para una bodega en donde preparaban una bebida a base de leche, malta y canela.

La llamaban Vitamina. Iba solo: y caminaba al lado del río por la calle Manamo. En los pueblos, los paseos son las calles y las casas y sus habitantes. Pasó por la esquina de la calle La Paz, también por la esquina de la calle Arismendi. Allí se detuvo. Muy cerca de él está una iglesia, un colegio de monjas, las casas de Nimia Estévez, Miguel Gómez y las Barrientos. Y cuando él llegue a la esquina con la calle Petión, podrá ver la farmacia del pueblo. La plaza Bolívar estará cerca entonces. (Nimia Estévez era ya una vieja cuando tú eras un niño, aunque todos son viejos cuando uno es niño. Miguel Gómez era hijo de Juancho Gómez, quien te llamaba compadre a pesar de las diferencias de edad. Las Barrientos eran mujeres con unos traseros esculpidos y descomunales. Tenían senos pequeños, aunque supongo que suficientes. Tú estabas enamorado de una de las Barrientos, pero eras demasiado niño para ella. Pasabas por la puerta de su casa para verla, para verle el trasero, y salías después corriendo... Y cuento todo esto, lo de Nimia, Miguel y las Barrientos, porque El alemán frecuentaba esas casas también, porque iba muchas veces a ellas para revisar las bombas de agua y porque tú lo acompañabas. El niño lo seguía, (¿cómo podía arreglar nuestra planta y esas bombas también, se preguntaba?), con el propósito de ver ciertas nalgas cuando entraban en cierta casa; pero por sobre todo, con la finalidad de descubrir el misterio, la sabiduría secreta, la pericia que le permitía a este curioso ponerse en contacto con las almas, porque aquellas bombas de agua eran a su entendimiento tantas otras almas en manos de El alemán.)

Todo el trayecto ha sido muy rápido porque el pueblo es pequeño y porque aunque ya cae la tarde, el sol aún rompe la piel y no permite mirar con paciencia. Va como siempre a la plaza Bolívar, que está paralela a la semirrecta cuyo inicio (o final) se encuentra en el vértice que forman el edificio de un cine y la calle Pativilca. En la plaza Bolívar da vueltas y más vueltas, al igual que todos los demás. Camina y observa las casas en la calle Bolívar, los comercios que están en la Dalla Costa. Casi concluye el cuadrilátero de la plaza. Sólo falta la semirrecta que colinda con la calle Petión... Pero de pronto el busto de Bolívar, las muchachas que pasan y sonríen a sus novios de quince años, el sol que se escabulle allá por el río y... Pero de pronto el silencio, ese pesado silencio de los pueblos que por lo general no significa nada pero que en ocasiones, como en esta, contiene una explosión unánime, la de una máquina de combustión interna que hoy anuncia la muerte; pero de pronto: ¡El alemán se ahorcó en su casa de Cocalito!, gritamos todos. Corren hacia allá por la Dalla Costa, buscas el puente que cruza el caño Tucupita, sabes que por allí cerca se encuentra el negocio en donde preparan la Vitamina pero en esta oportunidad no vas a detenerte en él ni vas a pedir ese refresco, casero y delicioso. Tienes que ver a El alemán. Presientes que algo muy importante está pasando, que algo puede finalizar y quieres ser testigo de ello...

> Hay soledad en el hogar sin bulla,
> sin noticias, sin verde, sin niñez.
> Y si hay algo quebrado en esta tarde,
> y que baja y que cruje,
> son dos viejos caminos blancos, curvos.
> Por ellos va mi corazón a pie *

...Y allí está El alemán, lo que queda de él. Ha expulsado el alma fuera de sí. Cuelga de una cuerda dentro de su casa. La casa es muy pequeña y algo oscura. Una mujer cuenta lo que tenía que suceder:

—Yo sabía que esto iba a pasar, dice. Ese hombre allí solo sin nadie que lo cuidara, sin comida ni nada.

—Yo a veces le dejaba cualquier cosa, dice otra. Me daba tanta lástima. Un hombre así tan solo.

Tiene parte de la lengua fuera de la boca, está pálido y una ardua, trabajada quietud lo acicala. Lo bajan y lo colocan en su cama. Sigue la palidez, continúa la quietud. Dirías que la escena es hermosa y que el silencio, nítido, aumenta la elegancia de la muerte. El alemán está allí, indiferente a todos, unánime, y tú vuelves a presentir que algo ha cambiado para siempre, que el alma de aquel Diesel se apagará con la ida de su mecánico de cabecera, que ya nada será lo mismo y que acaso ¿por qué no? en adelante también tu niñez habrá finalizado.

Ves de nuevo el cuerpo pálido. ¿Qué será de él ahora? ¿Será su alma como la del Diesel, un alma escondida, un agujero negro, una aparente nada de innumerable densidad? ¿Será su espíritu tan frágil como el de las bombas de agua? ¿De dónde vino El alemán?...

Primero has supuesto que nació en una ciudad ilustrada: y para el relato es conveniente que haya nacido allá, porque se trata de un lugar que sueñas como cuna de músicos, poetas, constructores; y El alemán, con su mecánica y habilidad para develar el alma, tenía mucho de creador. Pero luego supiste otras historias, y hasta escuchaste decir a alguien (¿un iluminado?) que El alemán no era de Alemania sino de otro país en realidad, y que se vino en plan de escape, como tantos, luego de las batallas. Ese alguien no ha dudado en afirmar que el fugitivo hizo cosas "horrorosas" durante la guerra, que formó parte de un regimiento insigne por lo sanguinario y que su historia es tan aterradora que han preferido ocultarla para no desprestigiar aún más a la naturaleza humana. Su lugar de nacimiento no es aquella ciudad de alto brillo, por supuesto, sino un frío e inaccesible pueblo ubicado en ciertas laderas agrietadas donde el viento ulula con inédita ferocidad.

Pero tú no logras pensarlo de una nacionalidad que no sea la alemana y después de tantos años compartidos con él puedes darte el lujo de pasar por alto el señalamiento infame del pretendido iluminado. Sabes que El alemán fue un hombre solitario, taciturno y tal vez justo; y así, conociendo de su soledad y de su justeza, construyes el día en que Herr Otto, el padre, adornado con su barba no muy poblada y su calva abundante, y con sus manos grandes y sus dedos gruesos, cargó por vez primera al niño recién nacido, y vio su cuerpo tan endeble y también sus manos pequeñísimas. Entonces

Herr Otto cerró los ojos. Y así con los ojos cerrados pensó en lo nada conveniente, en lo irresponsable en realidad que era tener un hijo a edades poco aptas, como la suya. Pensó en que con toda seguridad no iba a poder ver a su pequeño Otto cuando éste fuera grande. Y rogó, rogó con los ojos aun cerrados porque la vida de su Otto transcurriera lo más placentera posible, rogó porque jamás quedara solo ni en tierras desconocidas, ni nunca aquel que todo lo custodia abandonara su alma.

*Vallejo.

Caracas, de Febrero a Mayo de 2006

La mujer emplumada

Como en una saga de los Jasidim está segura de que si no fuera por el sol que arde en los pies ni por el recuerdo que lo hace en la mente: los padres muertos, los animales descuartizados por la horda hambrienta, la casa incendiada por la montonera antes de partir, ella corriendo a la casa vecina, los tres (ella, los vecinos Churrión) huyendo hacia Valencia por la sabana donde ahora se encuentran y al hombre le ha dado por rogar para que los demonios no se aporten en las vías donde las oraciones suben al Cielo y así el Señor -loado sea su Nombre- oiga las súplicas de su siervo y mitigue la sed, el hambre, el miedo de él y de sus acompañantes y labre el camino para que éste sea solidario y la llegada feliz; y también está segura de que si no fuera por la mujer que casi grita de dolor cuando recuerda a los padres de esa pobre muchacha (ella) que ahora queda a la intemperie, sola y tan joven, sola y con tanto futuro que tenía por delante: si no supiera ella lo hermoso que le enseñó a bordar su madre, si no recordara ella las veces que habían ido a Valencia y todo lo que la niña había bordado lo vendían: la madre contenta porque ahora podrían obtener los víveres y llevar a casa tantas cosas que se necesitan siempre...; si supiera ella (la mujer) que con su hablar y sus lamentaciones le trae tantos recuerdos a Teresa, esos recuerdos que Teresa ya no necesita ni quiere recordar..., si todo esto no estuviera pasando ahora, como un latigazo permanente en medio de la sabana, Teresa tendría oportunidad de mirar los alrededores y entonces acaso descubriría una rama, una piedra, un árbol, un animal benefactores que le señalaran el camino, la vereda exacta en pleno sol, esa ruta que tanto conoce pero que dentro del horror de lo sucedido no puede recordar.

Con todo se reunieron a opinar y los tres opinaron. Y entonces la costumbre, o las plegarias, o la inagotable queja de la mujer, o la opinión verdadera de alguno de ellos cumple el cometido que Teresa sola no logra cumplir y al cabo los tres se encuentran en el camino preciso que lleva a Valencia.

Las autoridades de la ciudad le preguntaron si ella conocía a los hombres que mataron a sus padres; querían saber si eran de la sublevación o si estaban con el Rey y el orden; y en ese caso, si estaban con el Rey, querían saber con quiénes estaban los padres de Teresa. Entonces ella les contó que sus padres vinieron de la Península y que ella nació en la Capitanía. Quedaron en averiguar si con todo eran defensores de la causa rebelde y una fuerza del Rey -haciendo justicia- acabó con ellos, a pesar de ser blancos venidos de España, o si eran defensores de la causa realista y unos bandoleros acabaron con ellos, por ser blancos venidos de España.

-Ella se había escondido bajo unos muebles, así, quietecita -dijo al gobernador Luis Dato. "Y luego, mientras ellos comían, salí de la casa con mucho cuidado y corrí hasta los Churrión, los amigos de mis padres".

El gobernador le iba a decir que no tuviera cuidado porque allí todos la conocían tanto como a su madre y que él estaba dispuesto a brindarle toda la ayuda y atención que Teresa necesitara: basta con que me diga -le iba a decir- para él hacer lo necesario. Pero entonces se dio cuenta de que Teresa ya no era una niña y de que no estaban solos sino que sus subalternos andaban con él pendientes de lo que hiciera y dijera, y fue así como finalmente le pareció que era mejor guardar silencio para no caer en un acto de delicadeza equívoca. "La verdad que había crecido rápido y ya era casi una mujer" -se dijo el gobernador.

Luis Dato iba a pensar entonces que siendo él peninsular como los padres de Teresa, tenía a su favor la autoridad y no haber nacido en las colonias; y que igual en esto superaba a los revoltosos que como la muchacha habían nacido en la colonia. Pero en eso uno de sus subalternos llamó su atención para preguntar en qué lugar acomodaban a la muchacha, a la señora y al señor. "Porque se acerca la noche y siempre es bueno estar a buen resguardo" -dijo, conocedor de los peligros.

Veamos ahora qué pasa con los otros. Antes de hablar de nuevo con Teresa, si acaso lo hace, el gobernador ha tenido la precaución de hacerlo con los Churrión; se ha dado cuenta de que ellos no son blancos y de que sobre todo el hombre tiene la marca de una mezcla que se le antoja repelente. Sin embargo conoce de él ciertas cosas por oídas; conoce que ha estudiado, que ha sido defensor en un juicio de una mulata, que todos le reconocen su buena palabra y su erudición. Por ello ha querido salir antes que nada de esa pareja; y sobre todo, del señor Churrión. "Si alguien -se dijo- arrastró a los padres de la joven a cometer pecado, en el supuesto de que pecaran, ese fue este hombre: las tropas de los insurrectos se encuentran infectadas por gente como él y por gente parda, esas plagas surgidas de las mezclas y de las que se comenta han tomado fama por la fiereza que demuestran durante el combate y por el poco o nulo respeto que deben al honor de las clases superiores. En nuestras tropas cunde también esa mezcla y la del pardo, pero han sido mitigadas sus iracundias cuando ha hecho falta hacerlo o ha sido exacerbada ésta cuando la balanza se inclina por la indisciplina en favor del triunfo".

Para su desdicha, Luis Dato sabe que tiene que dictar justicia en este caso y que todos estarán pendientes de su palabra.

—Te saludamos, señor nuestro, te saludamos, ilustre gobernador de Valencia... -dijo el hombre.

"El elogio que venga de boca ajena, de alguien tan alevosamente distinto -pensó Luis Dato, acostumbrado a las alabanzas- valga para ti tan poco como el salido de tu propia boca".

Y entonces le dijo:

—Sólo me interesa saber la relación de ustedes con los padres de la joven, con la joven y antes que nada con el Rey, las alabanzas caigan sobre Él.

Y a esto respondió el mestizo Churrión:

—El Rey debe ser alabado en cuanto a su obra, que al contrario de la divina se encuentra expuesta al consenso humano...

Dato iba a decirle que el Rey es encarnación de la divinidad y que sus pensamientos, palabras y actos están dirigidos por el Señor -quieran Sus méritos asistirnos-. Pero le pareció un exceso de familiaridad tan pronto con alguien inferior a él y para quien el Rey -alabado sea- era cuando menos inaccesible. Así que guardó silencio al respecto y en cambio preguntó:

—Quisiera saber, para comenzar, cómo es la joven Teresa, si diría usted que es leal al Rey -quieran Sus méritos iluminarnos- o si por el contrario es partidaria de los degenerados. Fíjese que en su respuesta pudiera estar la solución al asunto que nos tiene atareados. No le pido otra cosa sino que cuanto diga tenga en cuenta las realidades que vivimos, que no olvide que casi todas las fuerzas de la dignidad, las leales al Rey -justas han de ser Sus palabras- son americanas y que sólo un grupo minoritario sigue a quienes suponen, como dio a entender usted hace poco de manera harto equivocada, que la divinidad del Rey -añorado sea- se encuentra en entredicho.

El mestizo Churrión se asombró de las palabras de Luis Dato. Ya estaba dispuesto a incluirlo entre aquellos aristotélicos que tanto usa Galileo en sus diálogos para pintar el pensamiento dogmático; pero se dijo que aun con dogma, el gobernador era hombre de temer: así lo decían sus palabras, que querían dirigir la respuesta acaso a un estado de choque o confrontación. Recurrió a sus conocimientos acuñados durante tantos años y dijo:

—La joven Teresa no está al tanto, hasta donde sé (y disculpe mi sinceridad) de la inconcebible ingratitud, inauditas crueldades y persecuciones atroces del gobierno español, desde el momento casi del descubrimiento; pero no desconoce de muertes sin sentido llevadas a cabo por el solo color de la piel ni tampoco es inocente de saber sobre el criterio de infalibilidad del Rey, sostenido por algunos como el padre Leal, ni es desapegada de aquellos libros que la iglesia condena bajo pena de excomunión, es decir, de aquellas obras que inspiran a los pueblos máximas de independencia y revolución y de aquellos autores que declaman contra los monarcas u otras pretendidas legítimas autoridades. Así siendo Teresa una joven de espíritu saltarín -dijo casi con malicia Churrión al gobernador- las mismas condenas prohibitivas la han llevado a los libros y autores prohibidos: y no le son extraños "El patriotismo de Nirgua" ni los que llaman impíos escritores como Rousseau, Voltaire o Montesquieu. Pero una cosa es conocer y otra muy distinta estar conforme con lo que se conoce. Y en esto defiendo a la joven Teresa, prodigio que borda con tanta sabiduría como lee y comprende.

—Pero alguien con tanto conocimiento y práctica alguna inclinación ha de tener -dijo el gobernador-. "A no ser que se comporte como esos ignorantes que se dejan llevar por las ideas que aprendieron desde la cuna".

—Ideas gracias a las cuales creen, se atrevió a interrumpir Churrión, que es un atentado contra Dios y su religión el levantarse contra el despotismo español (disculpe mis palabras), desprenderse de él y fundar el sistema de la independencia.

—"Por mí reinan los Reyes, dice el texto, y los legisladores decretan lo justo" -saltó el gobernador con la sentencia bíblica.

—Me atrevo a decir que hay Reyes constitucionales que no reinan a su arbitrio y voluntad -respondió Churrión-. "Reyes que deben vivir con la economía, sobriedad y templanza que prescribe el legislador. Reyes que sometidos a la ley como los demás individuos, han de tener consigo el volumen de ella para leerla y meditarla diariamente. Reyes prohibidos de ensoberbecerse contra sus hermanos, de quienes reciben el poder ejecutivo. Son deleznables aquellos Reyes que niegan la soberanía del pueblo al tiempo que abusan de ella".

—Aunque sea tiránica e ilegítima toda autoridad que no se deriva del pueblo (que no lo es), debes saberte comprendido como todos lo estamos en este axioma político: "Y respondió unánimemente el pueblo, diciendo: haremos todo lo que será de la voluntad del Señor".

—Confunde el señor gobernador la obediencia divina, que es irrefutable, con la política. En lo divino el dogma es el que manda y el dogma es el Señor; en lo político el pueblo es el que manda y pone y quita Reyes según su voluntad y beneficio. Dios impone la creencia y la religión; el pueblo, los gobernantes: y si las imposiciones del Señor son eternas, los gobernantes impuestos por el pueblo no, porque aquí el pueblo pone y el pueblo quita. Pero se han ligado de tal modo en errónea opinión la religión y el gobierno, el altar y el trono, la majestad de Dios y la de los Reyes usurpadores, que los ilusos miran también como sagradas las ligaduras que de aquí han resultado contra el pueblo -concluyó Churrión.

—Usted trata de confundirme, pero no lo ha de lograr. Dios ama a sus Reyes porque ellos son portadores de su sabiduría.

—Dios no ama sino a los que viven con sabiduría. Muy lejos de ella marchan los Reyes que desconocen la soberanía del pueblo, arrogándose un poder arbitrario -dijo Churrión.

Y así dejamos a estos contendientes y tomamos un alto. Esa lucha debe finalizar porque ya ha de venir el interrogatorio -que acaso no será tal- al que someterá el gobernador a la señora Churrión.

—Yo he visto lo que ustedes mandan hacer, señor gobernador; he estado presente en matanzas inmisericordes, guerras a machetazos donde los pedazos vuelan por los aires y la sangre mancha todo a su alrededor. Me pregunto si ustedes, autoridades, gobernadores, alguna vez habéis estado presentes en esas batallas donde los miembros pierden su sostén y las tripas abandonan su refugio. Es fácil mandar a matar, no es tan sencillo hacerlo o tan siquiera presenciar la matanza. No es fácil ver sufrir.

—Señora, comparto vuestro dolor mas no me habléis de sufrimiento. El sufrir, siempre que falte el valor y la fuerza para salvarse de la opresión, es oficio de la prudencia, y es propio de la misma virtud aconsejar el sufrimiento, cuando el consejero tampoco puede libertar al oprimido, sea que éste gima bajo el poder de un bandido, de un pirata o de otro que con diferentes fórmulas, títulos y apariencias ejerza la piratería, el latrocinio y la depredación -dijo el gobernador.

—Yo no hablo de teoría, señor gobernador -que nada sé de ella-; hablo de lo que yo he visto y tuvo que ver esa joven, siendo las víctimas sus padres. Ustedes se preguntan si eran forajidos o pertenecían a las tropas del Rey y si Teresa y nosotros estábamos (o estamos) con uno o con el otro. Yo les respondo que ningún bando puede realizar lo que allí fue hecho y pedir luego reconocimientos por pertenecer a tal o cual partido. Los que hayan cometido tales actos son unos bandidos asesinos, sin perdón del Señor ni de los humanos. Y no digo más, señor gobernador, no digo ni una palabra más. Juzgue lo que quiera y condene lo que se le antoje. Los tres estamos a su disposición.

El gobernador no hablará con Teresa; no hace falta; ella no agregaría nada a lo ya dicho por los Churrión.

—Soy íntimamente consciente de que tratan de salvar a Teresa; mas aunque no tengo pruebas físicas ni las preciso ella es culpable junto con sus fallecidos padres de actos contra el Rey -alabado sea- y por lo tanto porque es revolucionaria -se dijo Luis Dato. "Los Churrión son culpables también; pero en la escala de valores tiene más peso el acto cometido por una blanca (española hija de españoles peninsulares) que el hecho por mezclados" -razonó. "Y no puedo estar equivocado porque ello equivaldría a suponer que podemos estarlo aun en aquello de lo que somos más íntimamente conscientes, como lo soy del acto traicionero contra la Corona cometido por Teresa y los Churrión". "Debo castigarlos por lo tanto de manera ejemplar sin por ello incurrir en excesos -dado que hay una blanca metida en el asunto". Luis Dato meditaba y elevó los ojos hacia una colina de donde siempre venía su ayuda. Y ésta vino otra vez. Teresa sería castigada con una carga de deshonor que jamás podría olvidar y los Churrión serían testigos para que el deshonor los chorreara y no pudieran vivir nunca más como hasta ahora. "Teresa -se dijo el gobernador ya con voz de mando- recorrerá desnuda y emplumada las calles de Valencia, para vergüenza suya y de los Churrión, regocijo de los lugareños y ejemplo de quienes quieran tomar caminos torcidos en contra del Rey -alabado sea su Nombre".

Al otro día Teresa fue despojada de sus ropas, tocado su cuerpo con plumas de gansos y avestruces y conminada a caminar así ante el pueblo congregado que daba vítores de alegría y las miradas de los Churrión que se negaban a dar fe de lo que estaban viendo. Luis Dato, a pesar de quererlo, no asistió; le dolía que pudieran confundir su presencia con lascivia y que alejaran su veredicto de los designios de Dios -quieran Sus dones uncirnos.

Caracas, Diciembre de 2014.

Los toques

Nuestra urbanización está conformada por casas pegadas unas de otras y separadas solo por una cerca de suerte que lo que ocurre en una de ellas pareciera ocurrir también en la casa vecina. Abrir una puerta, estornudar, maldecir, por ejemplo, pudieran ser acciones comunes si no tuviera cada vecino la precaución de discernir qué viene de la casa ubicada a la derecha, qué de la situada a la izquierda y qué de la suya. Nos consta que es imposible pasar inadvertida la llegada de los ocupantes de la casa de al lado porque las cerraduras, por más silenciosas que sean, delatan sin misericordia. Ese chirrido de las llaves al salir del bolsillo y entrar en la cerradura (que por precaución suelen ser varias) es como una diana anunciando el comienzo del día.

Recuerdo que antes de que llegaran los nuevos, los últimos inquilinos de la casa fueron dos ancianos moribundos que duraron mucho más tiempo del que nadie pudiera esperar. Cuando se "fueron" casi a la vez la casa demoró más de un año desocupada tal vez para permitir que el olor a nostalgia y vejez la dejara.

Nuestra familia, los de esta casa, constituye un grupo desuniforme en el que predomina el sexo femenino y también, oh el tiempo, también la vejez. Esto no quiere decir que algunos jóvenes no vivan en ella creando las típicas trifulcas de esa edad. Los adultos nos mantenemos lo más neutrales posibles y si damos la razón a una parte cuando juzgamos necesario no por ello denigramos de la otra. Esto por supuesto crea un clima de aparente tranquilidad entre los adultos que nada tiene que ver con el que se vive entre los jóvenes. Hablemos con brevedad de toda la familia: una octogenaria que desprecia cuanto se salga de las normas religiosas, es decir del cristianismo aunque cuando se ve en dificultades para explicar algo de éste que según su opinión no debiera ser de éste suele olvidar su fe con pasmosa tranquilidad o culpar a los curas del problema teológico y cambiar de conversación con velocidad también pasmosa; una septuagenaria que a medida que avanza el tiempo avanza también su amor por los decires de la cuadra, de la urbanización, de la ciudad, del país y del mundo. Ella sabe y habla con propiedad de absolutamente todo, siempre en tono de secreto o decir de última hora, puede crear la noticia cuando le parece, es cristiana de iglesia y de velorios, y en cuanto a otras expresiones religiosas o pseudo religiosas la tienen sin cuidado siempre y cuando no le causen molestias. Una de treinta que desprecia a los habitantes de la casa pero no puede estar lejos de la casa; vive escondida en su cuarto de la segunda planta y baja a comer a las horas en que sospecha que los demás o no están o duermen la siesta; y cuando no sube la comida a su cuarto y por supuesto jamás devuelve la vajilla usada. Esto ha creado verdaderos conatos de angustia (por decir lo menos) entre los demás porque muchas veces no encuentran dónde servir la comida. Una de veinte que constantemente critica a la de treinta y se pregunta cómo es posible que exista alguien tan irresponsable. Entre ellas, por supuesto, la relación es... mejor dicho, no es. La de treinta no tiene religión, pero si la apuran dirá que es cristiana aunque le gusten los pases de otras sectas pero todos saben que eso tiene por único motivo estar en contra de alguien, es decir, de los otros que habitan en la casa. La de veinte descubrió un día a Bob Marley y desde entonces forma parte de su secta de cabezas cubiertas en las mujeres y cuerpos arropados en los hombres; sigue bañándose, hasta donde he podido observar. Algunos de ellos (de la secta) me piden les bendiga y lo hago con poco entusiasmo; seguro desconocen mi absoluto desapego de toda religión o secta.

Como debía suceder, un día alguien vino con su familia (tres componentes), vio la casa de al lado y le pareció apta para vivir. Mejor para nosotros si no le hubiera parecido; mejor aún si los ancianos no hubieran muerto. Varios camiones de mudanzas bajaron cuanta cosa puede tener una familia y otras que solo contadas tienen: un palo largo y fuerte para golpear el piso, como después supe, por ejemplo. El día de la mudanza celebraron en la noche con música de la peor calidad (como es normal ahora en nuestra tierra), a todo volumen y hasta la madrugada, como es costumbre ahora de nuestro inestable gentilicio. Nadie durmió esa noche, lo que predispuso a la familia en contra de los nuevos inquilinos. Pero a la noche siguiente lo que ocurrió fue indignante, porque el señor de la casa no cesó de golpear el piso con algo que parecía una mano de pilón (aquel palo largo y fuerte) ni de decir cosas que acaso un personaje baboso de Lovecraft podría emitir y entender. Faltaba por supuesto la sesión de tabaco y ya amaneciendo nuestra casa se impregnó de tanto olor desagradable que todos nos levantamos e hicimos café para contrarrestar el ataque. -Los vecinos son definitivamente desagradables, dijo la octogenaria, rosario en mano y oración tendida ("Ay de todo aquel que difame, que critique, que amase hacienda y la cuente una y otra vez...") sin sospechar que lo peor estaba por venir. Un día sentimos el canto de un gallo en la casa de al lado; a la noche, oímos sus lamentos acompañados de aquellas palabras incomprensibles y de un olor que podía ser mezcla de sangre con tabaco y otras cosas que repugnaría nombrar. -Los vecinos son perfectamente objetos de denuncia -dijo la septuagenaria, sin imaginar (aun no le habían contado) que el señor era militar, aunque retirado. Yo, solo por maldad, regué en el muro que nos separa creolina y por algún tiempo cesaron los ruidos, olores y cantos, aunque un altar de una diosa pros-

crita ocupó parte importante del pasaje, especie de estaciona-
miento que colinda con una sección de nuestro patio. Hemos
triunfado, se acabó el infierno vecino -estuvimos a punto de
decir- cuando con mayor intensidad y ahora acompañado con
frenesí de tambores (muy bien percutidos, hay que reconocer) resucitaron los cantos, golpes y olores. Esta vez no fue un
gallo la víctima sino un gato manso y querido por todos que
merodeaba por nuestras casas y realizaba la profiláctica tarea
de eliminar ratones.

Una tarde vino una brigada de la policía militar a alla-
nar la casa de al lado. No había nadie en ese momento en
ella y como yo estaba asomado a la puerta de la nuestra me
tomaron por testigo e irrumpimos en el hogar desprevenido.
Solo entonces me di cuenta de que era más oscuro de cuanto
yo esperaba y de que aquellas entradas de luz de que gozó
con los ancianos habían sido selladas de suerte que solo pren-
diendo las luces se podía incluso en el día observar algo en
aquel festejo de lo negro. La policía militar sabía lo que buscaba y lo consiguió con rapidez; me lo enseñó como testigo
que era del allanamiento y me dijo que posiblemente seria
llamado a declarar. Esto nunca ha ocurrido. Lo que sí sucedió
fue que los vecinos se mudaron sin dejar huellas de su para-
dero ni muebles o algún otro objeto de su propiedad. Solo
olvidaron el mazo o mano de pilón o lo que sea, recostado en
el vértice de dos paredes -pude saber meses después cuando
hube de trepar la cerca y auscultar la casa que todos supo-
níamos deshabitada, salvo la octogenaria y en ese momento
más por compañerismo y fastidio que por otra cosa, también
la septuagenaria.

Ya les he dicho que en cuanto a religiones ando por el suelo
de la fe pero esto no quiere decir que me tengan sin cuidado
las creencias ajenas, a las que trato menos de criticar que de
comprender. En esto me pueden llamar un librepensador sin
que esto signifique que crea demasiado en la libertad o en el
pensamiento.

Sucedió de noche, más allá de las diez. Despertamos alarmados por unos gritos que de inmediato identificamos como de la octogenaria. ("Líbrame Señor de animales ponzoñosos y enemigos que vinieren contra mí con daños y hechicerías...", comenzaron los rezos). -Qué te sucede -le preguntamos-. "¿Te duele acaso algo?" -inquirió la septuagenaria. "¿Tuviste un mal sueño?" -acertó a decir la veinteañera. "Seguro la asustó un animal salvaje" -dijo la treintañera, en tono jocoso; ella sabía tanto como nosotros que por allí no rondan éstos salvo los habituales rabipelados, las cucarachas, arañas y ratones que no asustan ni siquiera a un niño. "La típica falta de responsabilidad" -susurró la de veinte "¿Pero es que acaso ustedes están sordos? ¿Acaso no escuchan los ruidos de la casa de al lado? Oigan, presten atención: allí están los golpes en el piso, las palabras blasfemas ('Libéranos de esta cruz, te lo pido Señor'), los golpes de tambor". "La verdad -nos confesó la septuagenaria con el debido cuidado para que la otra no oyera-, la verdad es que yo llegué a escuchar algo, pero como tengo el sueño tan pesado, ustedes saben, no podría afirmar ni negar nada. Solo puedo decir que me pareció haber oído algo que desde hace tiempo no es habitual". -Nosotros no escuchamos nada, definitivamente -dijimos los tres casi a coro a la octogenaria.. "Esto cansa y fastidia" murmuró la de setenta.

Igual tuve que hacerlo, por más que esperé a que los de la policía me llamaran a declarar. No sabía lo que les iba a decir, pero al menos era una oportunidad para despejar el asunto. "No se te olvide que es militar" -me advirtió la septuagenaria que ya se había enterado de la profesión del exvecino. Por eso digo que igual tuve que hacerlo. Ante la insistencia de la octogenaria y de su inseparable, que ahora no dudaba en lo más mínimo sobre los ruidos en la casa de al lado, tuve que hacerlo. Una tarde, pertrechado con una linterna subí el muro y caí en el otro lado. Iluminé lo que pude mientras un olor a tabaco irritaba mi nariz. "¿Cómo duran estos olores en las casas abandonadas y sin salidas de aire?" -me dije antes de descubrir en un rincón el palo con que el exvecino golpeaba el piso y numerosas colillas de tabaco. Me asusté hasta la vergüenza y salí despavorido de ese lugar. La caída en mi patio fue tan brusca que las de la casa tuvieron que ayudarme y practicar algunas curas en las rodillas y la espalda. Nada del otro mundo pero suficiente como para que las mayores se sintieran envalentonadas y dijeran el resto de la tarde: "¡Teníamos la razón, desde la primera vez teníamos la razón!".

Los días siguientes pasaron con los golpes, tambores y palabras ya rutinarios en las noches (para quienes los oían) y con mi adhesión casi total a las mayores, aun cuando no escuchaba nada, igual que las menores. "Es la falta de fe que te carcome" -me decía- aunque de inmediato regresaba a mi postura en cuanto a lo religioso. La de treinta comenzó a sospechar que me estaba volteando porque una vez abandonó su claustro para decirme entre risas: "Ten cuidado que estás cayendo con las otras... Mira que esas no pueden ver un sueño porque dicen que es un espanto". Quise contarle lo que había visto y olido en la casa vecina pero me contuve. Lo único que iba a ganar con eso era atizar el fuego de las burlas. La de veinte entre tanto callaba y se apartaba del asunto como si ya no le interesara. Dado que es por todos sabido que así suelen ser los jóvenes decidí dejar el asunto de ese tamaño. Además dentro de mí estaba pensando en los pasos que tendría que dar para resolver el misterio y de alguna manera purificar la casa. Añoraba la tranquilidad de otros tiempos y quería que todo volviera a la rutina de antes.

Sin decir a nadie en casa me acerqué a los bomberos y mentí sobre una fuga de gas en la casa desocupada. No me equivoqué. Al poco tiempo los carros de bomberos se detuvieron en la casa señalada y sin mayores investigaciones forzaron la puerta principal y con cascos y chalecos entraron a la casa. Yo aproveché para colarme iluminado por las buenas luces en las frentes de los bomberos y buscar con ellos las salidas de gas, solo para darnos cuenta de lo que yo sabía: a esa casa le habían cortado el gas desde hacía algunos meses, pero igual me mostré asombrado entre disculpas a la cuadrilla bomberil. Entonces vimos lo que yo no debí ver: el palo y las colillas de cigarro habían cambiado de sitio, ya no estaban en el rincón donde las habla visto durante mi incursión de aquella tarde sino en otra esquina. Quise pensar que acaso la casa sí estaba habitada o que eventualmente personas penetraban en ella para cumplir con sus ritos. Pero no me fue posible sostener ese pensamiento: nunca sentí que en esa casa entrara alguien y además su puerta estaba protegida por cerraduras y candados lo que hacía poco probable si no imposible una incursión en ella sin que nos diéramos cuenta. No comenté nada a los bomberos pues ellos mismos se encargaron de decir que allí se practicaba algo muy extraño. Entonces empezaron los golpes en el piso, las voces, los tambores y el tabaco y al parecer la casa comenzó a vivir: nunca supimos ni quisimos saber dónde se generaron el sonido de los tambores, la emisión de la voz, los golpes en el piso y el olor del tabaco en el ambiente. Todos salimos lo antes posible y cerramos la puerta lo mejor que pudimos. Se oyeron las sirena y las campanas de los carros de bomberos y luego todo quedó en un silencio que no quise catalogar por ser algo venido de un sitio inimaginable.

Me preocupaba la gente de la casa y corriendo entré en ella para ver qué reacciones había. Para mi asombro nadie dijo nada y tuve que concluir que ellas no habían escuchado lo que ocurrió al lado. ¿Y si era la casa la que sonaba, la que fumaba y tocaba tambores? ¿Y si siempre fue ella, solo ella, la que cobraba vida y de manera selectiva se hacía escuchar por quien le pareciera? ¿Y si la huida de los últimos ocupantes nada tuvo que ver en el fondo con lo encontrado por la policía militar? ¿Y si eso que vieron y me mostraron éstos solo fue el detonante para que aquellos tomaran finalmente una decisión largamente estudiada y más que eso añorada? No pude menos que lamentar el tormento de aquellos ocupantes, porque si la casa tenía vida había sido ella la que clausuró las últimas entradas de luz y sometió a los inquilinos a una forzada oscuridad.

Pero todo podía ser también un producto de mi imaginación. Era menos impúdico suponer que la huida de los inquilinos se debió a lo que tenían escondido y fue descubierto aquella tarde en que serví de testigo. Estaba por otra parte el grito de la octogenaria luego de las diez de la noche, aquel grito que a todos despertó y al final fue la causa de mi incursión en la casa supuestamente deshabitada. Aunque él (el grito) no eliminaba la opción de la casa autónoma. Todo era difícil para mí, todo era confuso, todo inexplicable.

Me llené de valor y llamé a las cuatro acompañantes a una reunión en la sala. Les conté en pocas palabras lo que había sucedido, la incursión de los bomberos, el despertar de la casa luego de que éstos comenzaran a sospechar que algo anormal había en ella, la ubicación en otro rincón de las colillas de tabaco y el mazo y mi seguridad total de que era imposible que alguien entrara en esa casa sin que nosotros, los vecinos, nos diéramos cuenta. -Eso tenía que ser así, dijo con una pesada carga de misterio y sabiduría en su voz la octogenaria. -A mi desde entonces me han dicho muchas cosas de esa casa, de sus antiguos y de sus últimos habitantes, así que no me extraña que allí pase lo que esté pasando -aseveró la septuagenaria con acento seguro. Me asombró que dijera "que allí pase lo que esté pasando" expresión que pudiera no querer decir nada o decir muchas cosas, pero igual no intervine. -Es una lástima que tengamos que vivir así -dijo finalmente. La de treinta le restó importancia a la situación y concluyó que todo era producto de dos cabezas que ya no estaban muy en sus cabales, lo que le permitió a la de veinte usar su frase preferida para referirse a la de treinta. Ya estaba a punto de arrepentirme por haber llamado a una reunión que hasta entonces no había dado ningún resultado cuando en el cuarto de la de treinta se oyó el golpeteo de algo contra el piso seguido por un eco que llenó toda nuestra casa. La octogenaria, por supuesto, acudió a la oración perfecta para el caso. La septuagenaria aguzó el oído hacia el lugar de donde provenía el sonido y poco le faltó para decir: "¡Qué fastidio!". La de treinta, sin dejar de asombrarse, dijo que eso pudiera ser un gato que andaba alborotando todo el cuarto mientras que la de veinte tomó impulso para hablar de los platos y tazas dejados en el cuarto por la de treinta, lo que hacía imposible discernir en este momento la razón de los ruidos; luego, casi inmóvil, y a pesar de sus palabras, preguntó a cualquiera de nosotros qué sería eso que venía de aquel cuarto. Lo que me llevó a la conclusión de que por primera vez todas habían escuchado el ruido, de que éste se había convertido en común a nuestra pequeña comunidad, lo que me pareció un paso espectacular dentro de la problemática que estábamos enfrentando. Ni la octogenaria ni la otra dieron la menor señal de acercarse al sitio de dónde provenía el golpeteo. Yo concluí que ya había tenido suficiente ese día como para afrontar otra situación inexplicable. Quedaban las jóvenes y a ellas les solicitamos acercarse al cuarto y ver si en efecto era un gato (y recordé aquel pobre amigo de todas las casas que desapareció luego de una sesión o de los vecinos o de la casa) o algún otro animal u otra cosa lo que producía aquel ruido lleno de ecos. Ellas partieron para el cuarto mientras los tres nos quedamos acurrucados (la que reza rezando, la que se incomoda incomodándose) para esperar buenas noticias, aunque no teníamos la menor idea de lo que en este contexto era una buena noticia ni la menor esperanza de que ésta se produjera.

—Es que tu desorden ya no tiene límites -fue lo último que logramos escuchar y luego cerramos los ojos porque no sería bueno ver lo que ellas traerían.

Caracas, Febrero de 2015

Imataca

Era una tarde silenciosa que infundía desaliento cuando tocaron a la puerta. La mujer se levantó del sillón donde casi dormía, fue hasta la entrada de la casa y abrió. No vio a nadie pero en el suelo observó una figura minúscula y un papel. La figura era de un peso repugnante para el tamaño, el papel aclaraba que era de un dios del hierro encontrado en cierta parte del Imataca y que si ella quería saber más preguntara por la viuda en Santa Catalina. La letra le era conocida, aunque carecía del trazo firme de otros tiempos. Arrugó el papel casi con rabia y lo lanzó al piso. Eso era todo pero quienquiera haya dejado la figura y la nota sabía que era suficiente.

La mujer preparó el equipaje, puso en una caja los instrumentos de trabajo y hasta una carpa antigua y salió en busca de alguien que la llevara con el primer sol. Nueve o diez horas de navegación eran las necesarias para llegar a Santa Catalina.

Meses después Alfredo Curbelo, tenido por amigo íntimo de la mujer, halló la nota (no así la figura) en un rincón polvoriento de la casa. La leyó y tiró con desprecio el papel. Había regresado a esa ciudad llamado por las advertencias de los vecinos de su amiga. Desde hacía mucho tiempo no sabían nada de ella y la casa estaba en el más completo abandono. Curbelo hizo forzar la puerta de entrada, penetró en la casa fría y desolada, buscó algún indicio del destino de la mujer y entonces halló la nota. Luego pudo hablar con el hombre que llevó a su amiga y convinieron en que con la primera luz del día saldrían para Santa Catalina.

Se conocieron en la universidad porque estudiaban la misma carrera y más que por eso, porque parecían destinados a estar juntos -aunque algo así no tenga explicación. En secreto, acaso sin ellos darse cuenta anudaron sus vidas y se permitieron obrar como si ya supiesen lo que saben los dioses: a ello los llevó el silencio positivo que cultivaron como un bien mayor, silencio que conduce a la eternidad, a la vida verdadera y que sólo puede ser roto para decir justo lo necesario. Porque así como es peligroso callar ante quien no se quiere conocer ni amar, así mismo es conveniente hacerlo en otras ocasiones a sabiendas de que cuanto se recuerda del amigo y el ser amado son los silencios, su abrumadora calidad: hay en lo que ocultan los labios de la amistad y del amor cosas que nunca otros labios podrán callar. Pronto los compañeros de estudios los trataron como si fueran una pareja y más de una vez debieron advertir que no lo eran ni estaban casados como afirmaban en la escuela. Sin embargo siempre andaban juntos: en la clase, en el cafetín, en las reuniones estudiantiles, en los museos, en las excavaciones aparecían como si nadie más que ellos existiera, como si el mundo fuera ellos y los demás unos intrusos advenedizos que estorbaban la silenciosa armonía que les pertenecía y que de alguna manera estaba predeterminada.

—¡Pero entonces tuvo que aparecer! Esto lo dijo en voz alta, haciendo énfasis en una palabra. ¿Quería sobrepasar el ruido del motor fuera de borda que para dirigir la curiara vapuleaba el río? ¿Quería que lo escuchara el motorista? Obviamente no, nada de eso; quería manifestarse y la única manera de hacerlo que encontró entonces fue el grito... "¿En realidad...?" Iba a preguntarse algo pero confundido se quedó mirando el agua color de plomo agitada por el motor y la curiara.

En las riberas los pájaros alzan el vuelo al paso de la embarcación, desocupan los morichales con sobresalto; se nota en sus circunvoluciones el deseo imperioso de regresar a estos cuanto antes. Un pájaro moriche, esquivo, sumido en la seguridad de su elegancia se aleja del grupo y va a posarse en un árbol solitario. "Si cantara ahora -piensa el hombre- su melodía sería tan cautivadora como la irrepetible de las sirenas".

Gutiérrez (nunca quiso Curbelo llamarlo por su nombre) le metió a su amiga en la cabeza la idea de las tribus dispersas por el Imataca, la seguridad de la existencia de una antigua y avanzada civilización en las formaciones de hierro cercanas al delta. Eso iba en contra de toda lógica y maltrataba los estudios y las proyecciones de la arqueología: clásica, moderna y contemporánea. Pero Gutiérrez, el profesor más respetado de la Escuela, también le metió en la cabeza (o no impidió que ella sintiera) que la amaba: y cuando se encuentran la razón y los sentimientos aquella tiene todas las de perder porque "los instintos de nuestro corazón llevan siglos de ventaja a las conquistas de nuestra inteligencia". Gutiérrez insistía, en la clase, fuera de ella, en el grupo que ahora formaban ellos tres, en que tenía pruebas irrefutables de que existió esa civilización "del hierro" -como él la llamaba. "Y este apelativo nada tiene que ver -aclaraba- con aquella clasificación de las épocas hecha por los antiguos estudiosos". Gutiérrez decía (y estas palabras iban dirigidas a ella) que muy pronto le traería una muestra de las pruebas que mencionaba y más de una vez Curbelo le oyó pedirle a su amiga que "tuviera fe en él", como si fuera a enamorarla, pero nunca, que Curbelo sepa, cumplió con su promesa.

Pasaron así los años; ellos finalizaron la carrera, ella se alejó cada vez más de Curbelo, comenzó a desanudar aquello que instintivamente habían los dos atado y se aproximó cada vez más a Gutiérrez. Y hasta tuvieron la osadía, ella y Gutiérrez, de inventar un lenguaje hermético de signos escritos y gráficos mediante el cual se comunicaban con absoluta soltura. Curbelo deploró el giro de su amiga, ese desdén que había nacido en ella y que la hacía una extraña para el amigo de todos esos años, esa displicencia cuando se encontraban, ese hablar casi entre bostezos que le señalaba el término de algo nunca bien definido pero firme como el duro metal -según Curbelo. Deploró también la imposibilidad de alcanzar otra vez con ella esa perfección que proporciona el raro sentimiento de haber dicho exactamente lo que se quería decir. Algo que cumplía los términos de una relación indescriptible dentro del común de las palabras y de las sensaciones y que se expandía como hacen ciertos peces del río cuando los acarician, se estaba deshilachando. Entonces, inflados hasta más no poder, el golpe del muchacho en el lugar exacto hace explotar el pez y lo vuelve añicos.

Ahora se aproximan al sitio en donde el río se ensancha kilómetros; aún no se divisa el diluido azul que revelará en el horizonte la presencia de la sierra ferrosa; pero muy pronto a mano izquierda, cuando ya hayan superado Barrancas, el Imataca absorberá el paisaje y ordenará que el cielo y el río copien su color.

Ella y Gutiérrez, ¿cómo decirlo sin mostrar el reproche, el dolor y la furia; sin caer en el sublime momento en que las lágrimas se han vuelto silenciosas, invisibles y casi espirituales?; su amiga (¡su amiga todavía!) y Gutiérrez se unieron, fueron a vivir juntos, se alejaron, desaparecieron. Años de oscuridad, depresión y la consiguiente calma pasaron por Curbelo. A veces sabía de ellos porque alguien que creía haberlos visto en una calle de Beirut o El Cairo venía con la noticia y la decía a un amigo común. A veces el propio Curbelo sospechaba haberlos sorprendido en el teatro, el cine, los espacios blancos (casi extranjeros) de una galería de arte. Entonces veía su cabellera, su piel, la comisura de sus labios y después bajaba la mirada porque sospechaba también que cuanto había observado no era más que una ilusión. Al volver a mirar hacia donde creía haberla descubierto ya ella no estaba y ni siquiera podía encontrarla otra vez, aunque mucho se esforzara buscando, en esa galería tan blanca, en ese cine ni en esa sala de teatro.

Él siempre creyó que esa relación le estaba destinada y acaso por eso nunca puso cuidado en que no se deshiciera el nudo que habían hecho. Estaba convencido de que tenemos una estrella (por decirle de algún modo) que une y nos corresponde y que en vano intentaríamos elegir en contra de la elección de nuestra estrella, porque busquemos lo que busquemos, lo bueno o lo malo, lo tierno o lo cruel, lo amante o lo infiel, siempre encontraremos lo mismo. Pero él no había cambiado: ni en los años de relación ni en los de lejanía había buscado en otros parajes lo que tan sólo en los de ella podía encontrar. ¿Entonces ella fue quien cambió? ¿O es que acaso en su estrella no estaba él sino Gutiérrez; porque él de ninguna manera podía ser Gutiérrez ni jamás sería lo mismo estar con Curbelo que estar con Gutiérrez? Durante esos derroches egocéntricos Curbelo se propuso unas veces amar, otras olvidar para siempre y otras otorgar su desprecio. No esperemos nunca que la estrella yerre.

No logra olvidar, aun cuando la majestuosidad del río le podría distraer de sus pensamientos no logra olvidar aquellas conversaciones que sostuvieron durante los estudios ni el vestir de su amiga. Los jeans, zapatos de goma, medias y una blusa ligera la retrataban. También podía usar ropa negra: y entonces unos zapatos negros con medias de los colores más inesperados sustituían los zapatos de goma. Su pelo era negro como pluma de cuervo, aunque a veces ella se quejara de alguna cana inoportuna (porque las personas siempre se quejan de alguna cana inoportuna); bajaba el cabello hasta la mitad de su espalda y le servía para el eterno ejercicio de recogerlo en un moño con una peineta y luego soltarlo para que cayera como una cascada oscura que muchas veces escondía su cara tan blanca. Siempre le asombraron la pequeñez de sus manos, sus dedos tan delgados, sus uñas tantas veces comidas y casi siempre descuidadas. Siempre le atrajo su manera tan recta y elegante de sentarse, que era como un desafío geométrico para quienes estaban a su lado. Tuvo una foto de ella tomada en una de las clases y cuando aún se conocían sólo de nombres. Entonces, viendo esa foto lograda a escondidas, él se decía que era urgente, casi vital e inevitable acercarse a esa mujer: y no faltaron los días en que su propósito se vio frustrado por la timidez campesina que siempre lo delató ante todos y que con el transcurrir de los años no pudo superar aunque sí pudo un día decirle al fin a ella algo que no recuerda y que ella tuvo la delicadeza, precaución o tino de no desdeñar.

Conoce de memoria un fragmento de lo que por entonces leyeron: pero es tan íntimo y propio de los dos que repetirlo hasta para sí mismo le parece una traición. Lo deja reposar en el archivo previo a las palabras, allí donde se coloca eso que queda vibrando en las cuerdas antes inclusive, si algo así es posible, a la nota musical. Eran jóvenes y el tiempo los había salpicado poco.

Si amonedáramos el silencio podríamos distinguir el contenido de sus dos caras; de la primera hemos hablado como silencio positivo o creador; de la segunda hablaremos como silencio negativo: este y no otro fue el que vivió Curbelo al regreso de la mujer, luego de su estancia de años con Gutiérrez; porque ella, acaso por delicadeza, acaso por honor, nunca mencionó a Gutiérrez en ninguna circunstancia: y esto, en lugar de permitir a Curbelo olvidar al otro, lo traía a flote como un dolor que emerge braceando desde lo más profundo del alma donde había quedado aletargado y en suspenso. Esto pasó después.

Antes ella terminó con Gutiérrez, se fue a vivir al Delta, se puso en contacto con Curbelo, el compañero de la juventud, lo recibió en su casa con cariño y sin miramientos, lo invitó a regresar cuantas veces quisiera pero jamás habló de los años en que estuvo fuera (aunque no sepamos precisar el significado de esa palabra) ni del tiempo en que como estudiantes y recién graduados pasaron juntos ella y Curbelo -aunque tampoco sepamos qué valor dar a la palabra juntos en este contexto. Entre las atrocidades que puede provocar este silencio Curbelo destaca las del recelo y la incomodidad.

Aún le asombra la fortaleza que tuvieron para entablar una relación sin pasado a pesar de que este rondaba en cada palabra y en cada gesto como un animal que ha perdido los favores de sus dueños y no sabe qué hacer para volver a ganarlos.

Pero la gran sierra Imataca ya está visible; y sobre ella distinguimos, reptando hacia lo alto, a Santa Catalina.

En un pueblo alguien puede preguntar por el cura, el médico o el abogado; ¿pero puede hacerlo por la viuda, como si se tratara de otra profesión? En esto cayó Curbelo apenas atracaron en el puerto. De nada valía interrogar al motorista porque este había dejado a la mujer tan pronto llegaron y no supo luego nada de ella; no conocía la nota que leyó la mujer y esta, presumió Curbelo, no debía haberle dicho nada al respecto. Así que Curbelo desembarcó perfectamente desorientado y si antes se había mostrado tan seguro de ir a Santa Catalina ahora no sabía qué pasos dar para repetir o al menos imitar los que había dado su amiga cuando llegó a ese poblado. A falta de otra cosa hizo lo que le pareció más obvio pero no por ello menos ridículo: preguntó a uno que andaba atravesado por la viuda, seguro de que este al menos se reiría de él o lo consideraría un loco: y no dejó de asombrarse cuando en lugar de ello el transeúnte le dio unas señas que lo llevaron directo a una casa bien cuidada y a una puerta apta para cumplir con el objetivo para la que fue hecha. ¿De manera que ser viuda sí era un oficio en aquel lugar, como ser policía o ser albañil? No quiso ni pensar en lo uno y lo múltiple.

Nada más verla entendió el peso y significado de su apelativo; no era por la vestimenta, que repetía en efecto la que se acostumbra observar en una viuda; tampoco por la ausencia de maquillaje, el cabello canoso o las arrugas ya milenarias; y ni siquiera era por sus manos minuciosas regadas de venas o por el cuerpo diminuto y la espalda ligeramente (diría que elegantemente) encorvada; era por algo absolutamente distinto que nacía de su ser como nace de la tierra una flor: nadie más que ella podía ser la viuda de Santa Catalina y si alguna vez llegara a morir, cosa que a Curbelo le pareció poco probable, nadie podría sustituirla; su oficio, como el de un dios y a diferencia de los demás oficios le pertenecía y le era eterno. Curbelo le preguntó por la mujer.

La viuda lo invitó a pasar. Un largo zaguán estrecho, alto y oscuro tuvo que recorrer antes de que la luz iluminara un patio regado de flores y a la izquierda una galería abierta al patio, con varias columnas y techada con zinc como el resto de la casa. Las habitaciones, tres a mano izquierda de la galería tenían puertas protegidas con tela metálica. Al final de la galería, tan lejos que la vista debía esforzarse para distinguirlos, se encontraban la cocina, el baño y otro patio para los animales y los árboles. Le enseñó el segundo cuarto: allí había estado la mujer cuando llegó de la ciudad y allí dormía cuando venía de las excavaciones. Semanal o quincenalmente ella venía de las excavaciones -le dijo la viuda.

—Pero eso dejó de pasar desde hace varios meses, cuatro meses para ser más exacta -afirmó. "Desde entonces no he sabido nada de ella, señor, nada. Diría que desde que pasó otra vez por mi casa el hombre que le había dejado los papeles tiempo atrás, diría que desde ese momento ella desapareció". Curbelo inquirió por ese sujeto y por el nombre que le dio la viuda supo de quién se trataba. Ella no recordaba exactamente cuándo, si fue hace un año o acaso más, pero tenía claro el momento en que vio por primera vez a ese hombre. Bajó de la sierra como un espanto en la noche. Casi le derribó su puerta. Le entregó unos papeles con unos garabatos incomprensibles. Le pidió que los guardara porque una mujer (dijo su nombre) vendría un día a reclamarlos. El hombre se fue, desapareció en la noche como había llegado. Ella guardó los papeles más que nada por curiosidad. Al mucho tiempo o tal vez no, mejor al poco tiempo vino la mujer a reclamarlos. Eso le contó la viuda.

Curbelo caminó hacia el fondo de la casa, se dio cuenta de que había una mata cargada de pomalacas en el patio trasero, tomó una sin pedir permiso y la mordió con placer. Tenía la intención de pasar un tiempo en esa casa porque sospechaba que la viuda podía contarle otras cosas interesantes. Alabó las frutas y las flores y tuvo palabras de reconocimiento para la disposición de la casa y el aire fresco que provenía de la sierra. Aceptó el café (negro y sin azúcar, dijo) que la viuda le estaba ofreciendo. Se sentó en un mueble de mimbre muy cómodo y si la viuda no lo hubiera hecho al lado suyo luego de traerle el café algo habría inventado para obligarla a sentarse también.

No duró mucho su pequeño triunfo ni pudo entablar de inmediato la conversación que deseaba tener con la viuda porque esta se levantó como impulsada por una descarga repentina de un contenido inexplicable, fue al primer cuarto y a los pocos minutos apareció con un cuaderno. Volvió a sentarse -para tranquilidad de Curbelo- y sin dar tiempo a que este dijera una sola palabra comenzó lo que casi sería un monólogo.

Lo primero que dijo fue que él debía perdonar su "impuntualidad" en lo que había escrito, que como no era "docta" en esas cosas cuando le faltaron palabras las había tomado "prestadas" de los libros, que había organizado lo mejor que pudo las notas sueltas que hizo en las noches después de las muchas conversaciones que tuvo con la mujer y que todo lo que ella había escrito correspondía con la mayor exactitud posible a las palabras de la mujer. Se excusó de no preguntar por la relación que existía entre Curbelo y la mujer porque se veía en su rostro que era muy profunda y esto hacía innecesaria cualquier aclaratoria. Además, si ella no se equivocaba, que no creía hacerlo, Curbelo vería que la mujer hablaba de él muchas veces como también lo hacía del hombre que le entregó las notas a ella, la viuda, la primera vez y que hace cuatro meses volvió, preguntó por la mujer y subió a la sierra para encontrarla -supone la viuda.

—Ese hombre es mayor que ustedes -dijo la viuda-, porque usted y ella parecen de la misma edad. Él tendrá más de sesenta y ustedes ni llegan a cincuenta.

Entonces comenzó una lectura interrumpida a veces por explicaciones y otras por silencios que eran como para decir más de lo que podía con las palabras. Curbelo se dejó llevar por las palabras de su amiga dichas por la viuda, revivió momentos de placer cuando la viuda mencionó lo que ella hablaba del joven que conoció apenas iniciados los estudios en la universidad y de la atracción que sintieron; y Curbelo sufrió otra vez, como si se tratara del primer sufrimiento, cuando escuchó decir de la ruptura en favor de quien podría haber resultado a la postre o a primera vista un vulgar destructor.

Luego la viuda habló de cosas que dijo la mujer sobre las excavaciones que estaba haciendo en un lugar de la sierra nunca revelado. Una vez ella se refirió a una civilización remota que recién descubría. Dijo: " Para reconstruir esa civilización tracé un cuadro provisional a partir de algunos vasos, de una inscripción hasta ahora indescifrable en una lámina aturdida a golpes de martillo, de un amuleto, de algunas formas óseas, de una máscara fúnebre aterradora; todos de hierro". Otro día llegó asustada a la casa de la viuda y le contó esta historia: "Fui descendiendo por una colina casi perpendicular y resbaladiza llegando a niveles cada vez más viejos y singulares de lo que pudo ser una ciudad; descubrí un círculo y una figura informe de lo que presumí ser un dios; descubrí unas formas rectangulares inquietantemente parecidas a lápidas en las laderas más accidentadas... Después caí por la pendiente y quedé aturdida por un rato; me repuse, rehíce trabajosamente el camino de regreso y entonces vine a visitarla".

—Estas cosas me llenaban de pánico -confesó la viuda. -Más de una vez le pedí que se dejara acompañar a las excavaciones, que había dos o tres personas que podían ayudarla, pero ella se negó siempre a que alguien fuera con ella.

—¿Usted es Curbelo, verdad, Alfredo Curbelo? Ella me confesó cosas de usted que no le voy a repetir. Y el otro es, como le dije, Esteban Gutiérrez. Ese hombre fue bueno y después no, le hizo mucho daño dentro de lo que yo puedo entender.

Repitió la traición de Gutiérrez, los años que pasaron juntos, la creencia de ese hombre en las civilizaciones del hierro en la sierra Imataca, la negativa de ella a hacerle caso si no le daba una prueba de cuanto decía. Y justo entonces, como si estuviera arrepentida de lo que había dicho, como si quisiera rectificar y se sintiera abrumada, le contó sobre el dios del hierro que alguien le había dejado en la puerta de su casa, allá en la ciudad. Y dijo que gracias a ese dios y a una nota había descubierto ahora "lugares donde había vivido gente tocada por una pasión incontrolable y que estaban llenos de ese contenido impreciso".

Entonces se multiplicaron las visitas en las que ella sólo quería hablar de lo que había encontrado en las excavaciones, de lo que "le decían" las cosas que en ella estaban y de la manera en que debe entenderlas el explorador. Decía que "el juzgar algo en referencia a su calidad estética constituye un extrañamiento de algo que nos afecta mucho más íntimamente." También hablaba de "esterilidad metodológica", sobre todo cuando estaba enojada, y usaba otras expresiones que ella, la viuda, no podía comprender: "¿No sucede en realidad -decía- que eso que nos ha cautivado como obra de arte no nos deja ya la libertad de distanciarlo de nosotros y de aceptarlo o rechazarlo desde nosotros mismos?" O también: "¿Y no es cierto que estos productos artísticos que recorren milenios no tuvieron como finalidad esa aceptación o rechazo estéticos?".

Después, en otro de los días que pasó en Santa Catalina, tuvo palabras de elogio para un libro que recordaba; buscó en la memoria una página marcada de ese libro: "Porque los dioses son, como se sabe, envidiosos, y cuando dan un año de felicidad a un simple mortal, lo apuntan como una deuda, y al final de su vida se la reclaman, con intereses de usurero. Son palabras terribles, como mi dolor".

—Entonces dijo algo que me ha puesto a pensar, dijo (y estoy segura de que se refería a Gutiérrez) que la gente es mucho más de lo que uno piensa de ella, que no es una u otra cosa, bueno o malo en momentos determinados, supongamos, sino todas esas cosas y muchas otras en todos los momentos.

En los últimos días la mujer se dejó llevar por un dolor, por algo muy intenso y muy profundo que a veces la hacía llorar, algo que si pudiéramos decir que tenía un aspecto, una forma, no podríamos nunca señalar cual era pero que en las anegadas cavernas del alma se distinguiría como un algo intenso ocasionado por una pérdida acuciante. En esos momentos sus palabras señalaban que "uno no puede apropiarse de una persona y alejarla de todos los demás sin tener remordimientos".

La viuda dijo: "Un día me atreví a preguntarle qué debía hacer si alguna vez Gutiérrez regresaba y preguntaba por ella".

—Dígale que yo pasé por su casa y que usted me entregó los papeles, solamente eso.

Era de noche cuando terminó nuestro diálogo o su monólogo. La viuda me invitó a quedarme y señaló el tercer cuarto del pasillo. Lamenté que no fuera el segundo, el cuarto en donde mi amiga había tantas veces dormido. Quería tener otra vez una señal de su presencia, tocar lo que ella habría tocado, dormir acaso sobre la misma sábana en que ella lo había hecho. Entonces recordé la taza de café. Quizás -me dije- sus labios rozaron esa misma taza en que yo había bebido, y eso me tranquilizó.

Al día siguiente anuncié a la viuda mi deseo de subir a la sierra. Ella me indicó el camino con la observación de que no encontraría lo que estaba buscando. "La sierra es muy grande para los dos lados" -fueron sus palabras. Igual subí y me encontré sobre una masa de hierro que resplandecía con el sol y a veces daba la sensación de que estuviera formada por azulejos chispeantes. Caminé sin rumbo fijo y recogiendo de vez en cuando pedazos de hierro. Entonces vi uno que llamó poderosamente mi atención porque acaso en su forma se vislumbraba un propósito no natural. Lo examiné con mucho cuidado: igual podía ser un producto de la naturaleza que un artificio; y además, yo nunca había visto el dios del que hablaba la nota. De todas maneras seguí buscando pero por más que conté mis pasos, ensanché el radio de acción de

mi pesquisa y avizoré los alrededores no logré dar con ningún pedazo que me interesara. Entendí que hay secretos que
aún no tienen nombre y son inalcanzables para cierta gente
y un silencio similar al de la habitación en que alguien calla
para siempre se apoderó de mí, de la sierra, de todo. Vi hacia
todas partes y sólo vi metales. Tal y como había observado la
viuda, nada encontraría allí diferente de un macizo ilimitado
y duro. Descendí de la sierra, pasé nuevamente por la casa de
la viuda, vi acaso por última vez el zaguán, el patio, la galería
y el cuarto en que mi amiga había tantas veces dormido y con
pocas y elegantes palabras me despedí de ella.

Caracas, Noviembre de 2013 - Febrero 2014

En las regiones más alejadas

Los años que he pasado en este pueblo me han permitido conocer las costumbres y el quehacer de cada vecino y si todos en términos generales son serviciales y generosos, atentos a los detalles de la amistad, la mayoría no desarrolla ningún cultivo cuando del trabajo se trata. En este aspecto muchos tienden no a la flojera sino a la falta de iniciativa, ese mal que corroe. Las tierras que poseen, riquísimas como las de todo delta, carecen del cuidado requerido y son dejadas al azar. Una guía, alguien que les indique qué sembrar, cómo y cuándo estoy seguro de que cambiaría en beneficio de todos esta situación. Pero ¿quién puede hacer algo así?

Ellos recuerdan, con las debidas diferencias, a ciertos pobladores de lo más profundo del dilatado delta donde se hallan esparcidas construcciones circundadas por las aguas y la selva, casas circulares con recintos dedicados a dioses menores pero de mucho afecto donde los habitantes dejan ofrendas, una construcción también circular (altísima) en cuya cúspide reside la imagen del dios principal: él con la vista fija en un altar tejido, éste con las devociones de los lugareños para hacer propicio el mensaje de aquél. La altura de esta construcción determina que el dios esté presente en todos y vigilante siempre. Los habitantes de esas zonas, más antiguos que los llamados originarios, son silenciosos, prestos a escuchar y cumplir las voces de mando del gran dios y aptos para largas caminatas a paso de marcha y cualquier otro esfuerzo corporal que a cualquiera de nosotros dejaría exhausto. De acuerdo con una concepción del cerebro (un árbol cuya frondosidad depende del diario caminar, que es el abono y riego) deberían tener un desarrollo de éste formidable. Sin embargo, carecen de imaginación en lo que para nosotros ella significa. No juzgan ni desperdician el tiempo en pensamientos ni codicias. Hacen. Algunos pensarían que en este sentido son perfectos, pero para otros la perfección es otra cosa.

Nadie se asombró cuando lo vieron pasear por una calle del pueblo ni cuando entró en un recinto con cúpulas que albergaba imágenes de deidades para él desconocidas. Era, muchos pensaron, la aceptación del otro y el respeto debido a la creencia ajena. Si hubieran observado su rostro asombrado habrían deducido una cuestión cuando menos distinta. "Un loco" -dijeron al fin-, acostumbrados a las visitas esporádicas de pordioseros y dementes; aunque algo, un gesto inusual acaso, les advirtió que no era uno más entre aquellos sino alguien proveniente -nadie supo por qué- del remoto delta. Su lengua, menos frondosa que la nuestra, no constituyó un obstáculo insalvable y aunque al comienzo por momentos se mostraba aturdido ante algunas expresiones y actos que parecían no tener cabida en su mente, en poco tiempo se acostumbró a esos decires que para él no llevaban a nada común y que eran por lo tanto perfectamente inútiles. En su pueblo no dilucidaban (aunque él no entendería la profundidad de tal expresión): actuaban llevados por las órdenes de una voz imperiosa que, como alucinados, llegaba a sus oídos. Todo venía de afuera. El interior era solo un receptáculo de mandatos externos. Como los mesopotamios o mayas primitivos; como los primeros autores del Antiguo Testamento, cuando uno, urgido por el dios, llamaba a la siembra todos iban a ella; cuando otro bajo el imperio déico iba a la guerra, todos le acompañaban, cuando un tercero abandonaba la ciudad en busca de tierras que voces omnipresentes le habían prometido todos le seguían. En su mundo sin por qué colmado de obediencias ciegas la vida de esos hombres y mujeres pasaba sin sorpresas y no era difícil que, como aquel personaje de Hawthorne, repitieran para la eternidad un mandato si otra alucinación no se interponía y les ordenaba otro.

Me hice amigo del extranjero, aunque hablar de amistad es un exceso en este caso particular. Mejor decir que en un mundo poco comprensible para él y con costumbres extrañas me convertí en su guía; y si no llegué a ser el intérprete de la voz del dios, yo, que nunca fui un prototipo de Hamurabi, Agamenón, el copista de Yakvé o el pintor de los códices, fui sin embargo aquel que le dio sentido a los tormentos de sus alucinaciones. Por las noches vigilaba su sueño, como una madre vigila el dormir del niño: éste era siempre profundo, sin sobresaltos. Pero despertaba aturdido, a la espera de que yo le señalara que ya estaba preparado el café y lo podía tomar así como de mis indicaciones para poner en práctica los actos más banales o complicados de nuestra vida. Saqué provecho de su indefinición y le hice hacer cosas que nadie salvo él habría hecho. A los pocos meses de "adoptarlo" mi casa y mi hacienda rebosaban y mis vecinos menos torpes maldecían por no haber sido ellos quienes se sirvieran del extranjero puntual. Una última cosa le pedí; que construyera un recinto digno de su dios y que forjara una imagen de éste para que lo ocupara. En pocos días una estructura circular, altísima, se irguió en el patio de la casa y sobre ella la imagen del dios del extranjero dominó toda la comarca. Todos pensarían al ver la construcción y el dios, argüí, que yo estaba en posesión de los conocimientos del extranjero: por algo había vivido conmigo. Sentí que su trabajo había terminado y que era tiempo de que lo enviara de regreso a su tierra. Así lo hice, invocando sin fe al dios recién aposentado. A la mañana siguiente de haberle dicho que se marchara, no estaba.

Me queda ahora la tarea más ardua pero no imposible. Debo convencer a mis vecinos de las bondades del dios desconocido. Si lo hago me convertiré en el nuevo guía y mis riquezas se multiplicarán. Tengo a mi favor la casa, el campo frondoso, mi vida con el extraño y hasta la envidia que algunos me prodigan. Con asegurarles que siguiendo mis órdenes ellos podrán ser tan prósperos como yo, alucinaré a la mayoría. Seré falso, fingiré estar en posesión de lo que predica el dios así como de ser el puntual repetidor de sus mandatos. Me convertiré de esta manera y en poco tiempo, en el dueño de las vidas de mis seguidores.

Caracas, Mayo de 2015